KB252486

아름다운
결핍

박선희 수필집

아름다운 결핍

청어

책머리에

'글은 곧 그 사람이다.' 란 말이 있다. 글을 쓴다는 것은, 특히 수필을 쓴다는 것은 나를 드러내는 일이다. 오랫동안 글을 쓰면서도 쉬이 책을 낼 수 없었던 것은 나를 내어 놓기에는 부끄러움이 앞섰기 때문이다.

그럼에도 불구하고 고이 간직해 온 편지함에서 편지를 꺼내 보듯이, 오랫동안 써 놓은 글들을 꺼내어 책으로 엮게 되었다. 이는 갯벌처럼 다 드러내 놓고도 부끄럽지 않아서가 아니라, 그동안 써 놓은 글들을 한데 묶어 두고자 하는 데 의미가 크다.

그동안 써 놓은 것들을 다시 읽다 보니 살아온 날들이 글이 되어 그 속에 들어 있다. 불꽃처럼 치열하지는 않지만 고여 있는 물처럼 안주하지 않고 길을 만들며 살아 흐르고자 하는 몸짓이다.

　지금까지 살아온 날들을 이 한 권으로 묶었으니 이제 또 새로이 살아갈 날들이 곧 나의 글쓰기이다. 그동안 내 안으로만 향했던 눈길을 돌려 앞으로는 주변을 따스하게 물들일 수 있는 글들이길 소망해 본다.

　오랫동안 위로와 격려를 아끼지 않고 도움을 주신 분들과 십년지기 문우들, 정성을 다하여 책으로 엮어 주신 출판사 식구들에게 고마움을 전한다. 특히 사랑하는 두 딸과 말 없는 가운데 늘 믿음으로 지켜봐 주시는 아버지, 어머니께 이 책을 바친다.

여름 햇살이 가을을 부르는 날
박선희

차례

차례

제5부

증명사진

제1부

생명의 노래

자유

박선희

오늘 난
아주 한참 동안
햇살 속에 서 있었습니다
처음
봄 햇살은
기분 좋은 느낌으로 다가섰습니다
마음마저 따사로워졌습니다
얼마 후
햇살이 따가워지고
조금씩 얼굴이 찌푸려졌지만
그런대로 견딜 만했습니다
조금씩 다리가 저려오고
온몸이 젖어 올 때쯤
더 이상 햇살이 겁나지 않았습니다
햇살에 의해 고통스럽지 않았습니다
내가 햇살이 되고
햇살이 내가 되어가고 있었습니다
나를 잃었습니다
아니 나를 찾았습니다
비로소
자유가 되었습니다

권태란 놈은 바다에 두고

알람시계가 울린다.

시계의 소리를 죽이며 눈을 감은 채 습관처럼 하루를 생각해 본다. '무얼 하며 보낼까', 때 아닌 새벽부터 권태가 스멀거린다.

시금치를 무치고 된장국을 끓인다. 아이들은 졸음이 채 가시지 않은 얼굴로 식탁에 앉는다. 흐르는 음악도, 별다른 이야기도 없이 까칠한 입맛으로 아침을 먹는다.

직장으로 학교로 모두 떠나고 덩그러니 커다란 공간에 혼자 남게 된다. 가족이라는 테두리 안에서 북적일 때는 미처 인식되지 않던 집안이 적막한 섬이 되어 나를 고립시킨다. 이럴 때 집안은 우울증을 키우기에 딱 좋은 온상이다. 내 몸의 온갖 세포들이 나른함에 젖어 더 이상의 변화를 원치 않게 되기 전에 어떤 조처가 필요하다. 벌써부터 몸은 스멀거리는 기운에 덮여 갑갑증을 느끼기 시작한다.

그림처럼 옛 일이 떠오른다.

예약된 음성으로 시계가 잠을 깨우면 바통을 이어받은 계주 선수마냥 아이들을 깨우기 위해 집안 가득 음악을 튼다. 큰아이 방으로 들어간다. 전날 곧게 누워 잠든 모습은 간데없고 이불 따로 몸 따로 침대 끝에서 아슬아슬하게 잠들어 있다. 흘린 침이 자국져 있는 아이의 얼굴에 손을 대어 본다. 움찔 돌아눕는 아이에게 음악소리가 파고든다. 작은아이의 방으로 들어간다. 언뜻 보니 아이의 모습은 보이지 않고 이불만이 둘둘 말려 있는 듯하다. 음악소리에 민감한 아이가 그 사이 이불을 끌어당겨 자그마한 몸이 그 속에 파묻힌 모양이다. 불을 켜고 문을 열어 둔 채 부엌으로 나와 아침밥을 준비한다. 잠시 후 허리를 감아 오는 아이의 손길을 되받아 꼭 안아주면 아이들과의 하루가 시작된다. 북적이며 술렁이길 잠시, 아이들이 밀물처럼 빠져나간 흔적으로 남아 있는 옷가지들을 갯벌에서 조개를 주워 담듯 즐거운 마음으로 정돈한다.

거실 통유리를 통해 보이는 산들이 아직은 추위를 떨치기에는 이른 듯 움츠린 모습으로 다가서고, 활짝 핀 목련은 봄의 전령처럼 바람 속에 서 있다. 세수를 하고 화장을 한다. 마치 약속시간에 늦은 양 서둘러 현관문을 나선다. 쨍하고 유리문에서 튕겨 나온 햇살, 그 눈부심에 마음이 움직인다. 서늘한 바람이 상쾌하게 다가선다. 차에 시동을 걸고 잠시 '어디로 갈까' 목적지를 생각해

보다 그냥 출발한다. 길은 길과 통한다고 했다. 아침이라 그런지 길은 시원하게 트여 달리기에 그만이다. 순간 바다에 가고 싶어진다.

창을 열고 바람을 가르며 '대부도'에 도착한다. 일상의 생활에서 잠시 탈출하고 싶을 때나, 바람의 존재를 가슴으로 느끼고 싶을 때 가끔씩 이 바다에 오곤 한다.

봄을 맞은 바다는 연초록빛이다. 지난 겨울 포효하듯 으르렁대던 파도와 귓불이 얼얼하게 불어대던 바람, 출렁이되 끝내 넘치지 않는 모습으로 말을 걸어오던 바다가 오늘은 아기의 웃음 같은 모습으로 일렁인다. 조금은 답답함이 뚫리는 느낌이다. 권태란 놈이 떨어져 나가고 있다. 바다와 눈인사를 하고 주위를 보니 여기저기 웃음 머금은 사람들의 발걸음이 한가롭다. 간혹 알아들을 수 없는 말소리도 건너온다. 슬쩍 나만 혼자라는 생각에 미친다.

몇 년 전만 해도 직장 생활로 바쁜 가운데도 잠시 잠깐씩 짬을 내어 자주 아이들과 함께하였다. 그런 일들이 추억이 되어 뭉클 떠오른다.

아이들이 유치원에 다니던 때만 해도 교통이 좋지 않았다. 비포장도로를 달리며 탐험대처럼 찾아와 맨발로 갯벌을 비벼대며 조개를 줍고, 폐선의 귀퉁이에 아이들을 올려놓고 사진을 찍었다. 모래사장 여기저기에 쪼그리고 앉아 꽃게를 잡아 물병에 넣는다. 집까지 오는 시간 내내 행여 그들이 죽을까 봐 애타하던 아이들, 온 가족이 마음을 함께 하곤 했던 일이 맞잡은 손으로 온기를 느끼듯 다가온다.

한참을 추억 속에 잠겨 있는데 햇살 받아 반짝이던 바다는 서서

히 갯벌을 드러내며 빠져나가고 있다. 넓은 갯벌로 사람들이 들어
서고 잠시 자리를 내어 주는 바다는 또 다른 모습으로 얘기를 한
다. 모두 품을 수 있다는 것은 이렇게 나를 비우는 것이라고.

　토요일 오후, 돌아오는 길엔 차가 많다. 이 많은 사람들도 지친
삶에 생기를 넣기 위해 왔다가 돌아가는 것일까? 차들은 꼬리에
꼬리를 물고 움직이지 않는다. 권태란 놈은 바다와 벗하게 두고
나만 돌아오는 길엔 마음이 한결 가볍다.

변화

시험공부에 밤을 밝히다 잠들었던 아이들이 아쉬운 잠을 떨치고 등교한 후 방에 들어가 본다. 여기저기 흩어진 옷가지들과 둘둘 말린 이불, 미처 정리되지 않은 책상…….

주섬주섬 책상 위를 정리하는데 툭 떨어지는 것이 있어 무심코 주워본다. 사진이다. 한 아이가 들어 있다. 스르르 주저앉아 한참을 들여다본다. 주황색 칼라에 까만 원피스를 입은 아이는 세 번째 계단쯤에 서서 벽에 오른손을 기대고 기우뚱한 자세로 앞을 향해 활짝 웃고 있다. 어둡던 내 가슴에 일순 환한 기운이 돈다.

얼마 전 딸아이가 "엄마!" 하고 불렀다. 무심히 대답하는 내게 아이는 "아니야." 그러길 몇 차례, 늦은 밤 아이가 내 침대로 들어오더니,

"엄마 학교 다닐 때는 왕따 같은 것 없었어?" 하며 말문을 열기 시작했다. 그러면서 다른 사람에게 말하지 말라는 조건을 강조하며 매우 조심스럽게 말을 꺼냈다.

왕따라니, 텔레비전에서나 접했을 뿐인 나와는 상관없는 이야기인 줄 알았는데 내 아이에게 그런 일이 일어나고 있다니, 실감이 나지 않았다. 그러나 아이가 학교 가기를 두려워하고 있지 않은가. 아이는 내가 생각하는 것보다 훨씬 심각한 상태였다.

선생님과 연락을 하여 아이들 관계를 파악하고 크게 번지지 않도록 조심하며 소리 없이 지켜본다는 것은 피를 말리는 일이었다. 그러나 학교 측이나 담임선생님은 크게 신경을 쓰지 않는 것 같았다. 아니, 이런 일이 일어난 사실로 인한 면책을 두려워하며 쉬쉬 덮기에 급급해했다. 그러는 사이 아이들은 그깟 일을 집에다 이야기했다며 인터넷에 '전따'를 거론하기 시작했고, 그럴수록 우리 아이는 학교 측에 알린 부모를 원망했다. 우리는 최후에는 전학까지 시킬 것을 각오하며 적극적으로 문제를 풀어가려 노력했다.

마음의 안정을 잃은 아이는 극도의 불안 속에서 "엄마, 뭐라고 한마디 해 줘. 마음이 편해질 수 있는 말을 해 줘." 하며 몸부림쳤다. 아이의 요구에 "널 사랑해. 늘 곁에서 지켜줄게."라고 말했을 뿐, 불안을 견디게 도와줄 아무런 말도 떠오르지 않았다. 아이에게 정신적인 위로가 되고 싶다 하면서도 아무런 준비가 되어 있지 않았다. 자신이 한없이 작아만 졌다.

급기야 선생님은 상담교사를 알선했지만 소용이 없었다. 툭툭 치며 지나치는 아이, 눈을 치켜뜨며 협박하는 아이, 아무도 가까이하지 못하도록 교묘한 방법을 쓰는 아이……. 담임선생님은 아이에게 '마음속으로 그들을 무시하며 지내라.'고 이야기해주기도 하고, '이 고비만 잘 견디어 내면 큰일을 치른 만큼 더 나은 생활이 될 거야.' 하고 위로해 주기도 했다. 몇몇의 아이들은 학교에서 함께 하진 못해도 네 편이라며 전화를 해 주곤 했다.

변화란 새로운 문으로 가기 위한 또 다른 문이지 않을까. 몸과 의식에 변화가 오는 사춘기와 겹쳐 아이는 커다란 홍역을 치르고 있다. 아이는 최대한 늦게 학교로 향했으며 저녁이면 축 처진 모습으로 현관을 들어선다. 잘 웃던 모습은 좀처럼 보이지 않는다. 왕따에는 이유가 없다지만 왜 내 아이에게 이런 일이 생긴 걸까.

어릴 적 나의 어머니는 따뜻한 위로자였다. 학교에 갔다 오면 함께 침대에 눕곤 했다. 어머니는 이런저런 이야기를 해 주며 간간이 학교에서 있었던 이야기를 묻곤 했다. 나는 자연스레 그날그날 있었던 일을 자세히 말하게 되었다. 내 속에 비밀이 클 수가 없었다.

그 후 성인이 되어서도 나는 어머니에게 친구처럼 속마음을 이야기하곤 했다. 지금 생각해 보니 그것은 어머니의 현명하신 교육 방법이었다. 친구들과의 관계에서 다친 마음이나 위축되었던 것들은 어머니와의 대화에서 치유되고 위안을 얻어 밝게 생활을 할 수 있었다. 부모님과 함께 살고 있지는 않지만 지금도 어머니 옆에 누워 있던 때처럼 정신적인 지주로 의지하며 살고 있다.

그런데 나는 어떤가. 가슴을 파고들며 어리광을 부리던 딸아이가 그런 행동을 보이지 않고 있다는 것을 미처 알아차리지도 못했

다. 어미 닭이 병아리를 데리고 다니듯 따라 다니며 보호해 줄 수
는 없어도, 항상 아이 편에 서 있는 엄마이고자 했는데……. 혼자
서 아파해 온 아이, 얼마나 힘이 들었을까. 가슴이 먹먹해 온다.

　사진 속 아이 때는 편지로 자주 마음을 전하곤 했는데……. 어
떻게 하면 사진 속에서와 같은 웃는 모습을 빨리 볼 수 있을까. 이
사진을 꺼내어 두고 있는 걸 보면 아이도 그때가 그리운 걸까. 예
전의 발랄했던 모습으로 돌아오길 간절히 바라며 오늘은 아이에
게 편지를 써 사진 밑에 두어보리라.

산길에서 얻은 생각

　아침 6시, 성주산 아래로 가서 주차를 하고 산을 오른다. 집에서 나올 때는 이른 시간이라고 생각했지만 막상 산에 와 보면 '많은 사람들이 참 부지런하게 사는구나.' 라는 생각이 든다. 오늘 나는 한 시간만 걷다가 가는 것을 목표로 한다. 등산 초입은 약간 경사가 있어 힘이 들지만 조금만 더 걷다 보면 사람들의 발길로 다져진 등산로가 완만함으로 다가온다.

　양어깨에 목발을 의지한 채 묵묵히 걷는다. 한발 한발 천천히 걷다 보면 새 소리도 들리고 깊은 숲 속 같은 안정감도 든다. 특히 오늘은 아카시아 향기가 온몸을 적셔 준다. 등산길을 천천히 걷는 내 앞과 뒤를 스치듯 지나가는 사람들.

　"용기가 대단해요! 암, 그래야지요."

환한 웃음과 함께 격려를 해 주며 지나간다. 그래, 조금 우쭐해진다. 위태로운 발걸음을 옮기면서 오늘에 이르지 않았던가, 살아내야 하는 절박함으로 견디어 온 날들도 많았지만 그래도 참 잘 살아왔지. 예전에는 이런 말을 들으면 기분이 좋지 않았는데…….소리 없는 웃음이 내 몸을 훑고 지나간다. 새들이 무어라 말을 걸어온다. 나도 목소리를 흉내 내어 크게 답한다. 막혔던 기가 트인 듯 상쾌해진다. 좀 더 가까이 자연으로 가는 것 같다.

경사진 산모퉁이가 나타난다. 조심스럽게 발걸음을 옮긴다. 한참 만에 수영 선수처럼 참았던 숨을 내몰아 쉰다. 마음도 함께 했나 보다. 다시 완만한 길이 나타나고 운동기구들이 마련된 곳에 이르게 된다. 스트레칭을 하며 긴장된 몸을 푼다. 몸 여기저기서 뿌드득, 소리가 난다.

올라온 길을 내려다보니 참 높이도 왔다. 위태위태하던 아이들이 날개를 달고 살아가고 비록 힘든 상황이지만 한숨 돌리며 돌아보는 여유도 생겼지 않은가. 스스로 대견해진다. 호흡도 자유로워지고 몸도 홀가분하다. 길은 계속 나아가고 있지만 나는 이쯤에서 돌아오는 길을 선택한다. 올라올 때보다 내려가는 길이 더 조심스럽다. 산에서 만나는 사람들은 서로 친분도 없는데 알고 지냈던 사람처럼 친숙하게 다가온다. 왜일까. 한솥밥을 먹어 가족이듯 같은 공기 속에서 호흡한 탓일까.

"오, 브라보! 파이팅이에요."

바닥만 보며 걷던 나는 깜짝 놀란다. 두 팔을 치켜들며 내게 파이팅을 외친다. 그래, 오늘도 이 격려의 힘으로 힘차게 살아야지.

그동안 내가 잘 살아올 수 있었던 것은 아마 이처럼 알게 모르게 나를 위해 응원해 주고 용기를 주었던 사람들의 덕이 아니었을까.

산길 한 귀퉁이에 푸릇푸릇한 쑥들이 삐죽삐죽 올라와 있다. 잠시 쪼그리고 앉아 한 움큼 뜯는다. 손 안 가득 쑥 향이 싱그럽다.

귀걸이

껑충하게 잘린 머리모양을 하고 거리를 걷는다. 평소 액세서리에는 별로 관심이 없던 나였는데 귀금속점에 진열된 귀걸이에 눈이 가더니 '하나 살까' 은근히 마음마저 간다.

머리가 많이 길었다. 단발머리를 주로 하고 다니던 탓일까. 만나는 사람마다, "머리를 좀 자르세요." 한마디씩 한다.

집에서만 지내다가 얼마 전부터 학원을 경영하기 시작했다. 이일 저일 신경 쓰다 보면 일요일엔 꼼짝하기 싫어 밖엔 아예 나가지 않고 보니 그 사이 머리가 어깨를 덮고 말았나 보다. 엎어진 김에 쉬어가라는 말처럼 바쁘기도 했지만, 끈으로 질끈 묶고 있으니 세상에 편했다. 더운데 올 여름엔 그냥 길러야겠다는 생각이 들어 서두르지 않고 있는 터였다.

그러나 아무리 내 멋에 산다지만 아름다움이란 바라봐주는 사람의 입장을 무시할 수 없는 일이다. 여러 사람들의 의견이 그렇고 보니 결국 일요일을 택해서 미용실에 갔다.

처음으로 간 미용실인지라 내가 원하는 대로 머리 모양이 나올까 약간 걱정이 되기는 했지만 단골로 다니던 미용실이 없어졌으니 어쩔 수 없는 일 아닌가. 그래서 예전에 하고 다니던 모양대로 머리를 주문하고 미용사에게 맡긴 채 나는 느긋하게 눈을 감았다. 커트를 하려면 안경을 벗어야 한다는 주문 때문이다. 안경을 벗으면 바로 앞의 거울 속 내 모습도 잘 볼 수 없기 때문에 아예 눈을 감고 있는 것이 편하다.

3시간여의 시간이 흐르고 안경을 쓰고 바라본 머리는 내가 주문했던 모습이 아닌 좀 색다른 머리형태가 되어 있었다. 뒷머리는 껑충하게 올라가 있고, 옆머리는 귀 뒤로 내려 마치 학생 같은 생기가 도는 모습이었다. 변신을 원하면서도 과감히 시도하지 못하고 늘 같은 머리만 해온 나로선 좀 낯설기는 했지만 오히려 다행이란 생각이 들었다. 나의 의지와는 상관없이 변신도 가능할 수 있다니.

머리를 하고 만난 친구들은 한결같이 전보다 훨씬 머리가 예쁘다며 칭찬을 아끼지 않았다. 그러곤 덧붙여 귀걸이를 권했다. 실없이 웃고 말았지만 참 이상한 일이다. 길을 걸을 때나 백화점에서 쇼핑을 할 때면 귀걸이가 눈길을 끌어 당겼다.

며칠 후, 드디어 반짝임이 덜하고 부담이 되지 않는 자그마한 귀걸이를 달았다. 남들의 말에 쉬이 흔들린다는 감이 없지 않았지만 그런 내가 싫지 않다. 자꾸 거울을 들여다본다. 무어 그리 큰일이 생긴 것도 아닌데 내 삶에 생기가 돈다. 자신감마저 든다. 아주 사소한 귀걸이 하나가 이처럼 기쁨을 준다는 사실이 충격이다. 살아가는 동안 아주 작은 일로도 내내 행복해질 수 있는 것을 깨닫게 된 날이다.

외출을 위해 준비하는 시간이 좀 길어졌다. 화장의 마지막 단계로 입술을 발랐었는데 이제는 한 가지 일이 더 생겼다. 거울을 향해 앉아 귀걸이를 끼우는 데 시간이 걸린다. 아직은 끼고 빼는 일이 서툴지만 익숙한 일에서 느낄 수 없었던 그 서툶이 싫지 않다. 또 다른 모습이다. 변화는 살아 있는 힘이다.

안경

지친 하루 일과를 마치고 책을 폈다. 분명 안경을 썼는데도 글씨가 어릿어릿 잘 보이질 않는다. 글씨와의 초점을 맞추기 위하여 거리를 조절하고 얼굴상을 찡그리고서야 글씨가 보인다. '노안?' 어느 날 느닷없이 눈에 띈 흰 머리카락을 보았을 때처럼 의아해진다. 또 하나의 안경이 필요해진 걸까?

처음 안경과 인연을 맺게 된 것은 중학교 2학년 때였다. 유달리 좋아하던 물상 시간이었는데 갑자기 칠판 글씨가 보이지 않았다. 두 손으로 눈을 비벼 봐도 마찬가지였다. 눈물이 솟구쳤다. 믿어 왔던 사람으로부터 갑자기 외면당한 느낌이랄까. 놀란 선생님과 학급아이들을 뒤로하고 안과에 갔다.

의사는 지나친 신경성으로 갑자기 시력이 떨어졌다며 잠시만 안경을 쓰라고 권했다. 얼마간의 시간이 지나고 나면 정상시력이 될 것이라는 말을 믿고 쓰기 시작한 안경, 마흔의 중반이 넘은 지금까지도 안경은 늘 나와 함께하고 있다.

여학교 때의 일이다. 망가진 안경을 가지고 안경점을 찾았다.

"왜 이렇게 안경테가 휘었나요?"

"꿈이 보이지 않을까봐 쓰고 잤어요."

보고 싶은 사람이 있을 때 간절히 생각하면 꿈속에 나타난다는 말을 들은 것이 탈이었다. 가슴속에 간직한 사람 생각에 밤낮으로 빠져 있던 나는 그 말을 믿고 안경을 쓰고 잠을 자곤 했던 것이다. 지금도 간혹 순수함을 잃고 번민하는 밤이면 안경을 쓰고 잠들고 싶은 그리움이 일곤 한다.

결혼식 때의 일이다. 화사한 핑크빛 화장이 안경으로 인하여 가려질까 봐 고민 끝에 렌즈를 끼었다. 렌즈는 안경보다 훨씬 잘 보일 뿐 아니라 간편했다. 그러나 시간이 흐를수록 있어야 할 무언가를 잃어버린 듯 허전하기 그지없었다. 때때로 답답함으로 내동댕이쳐 버리고 싶었던 안경이었는데 콧잔등을 지그시 누르며 압력을 가하던 그 익숙함이 오히려 그리워졌다. 나는 예식이 끝나기가 무섭게 안경으로 바꾸어 쓰고 여행길에 올랐다. 못난 자식도 내 자식이 최고라고, 안경은 나에게서 잠시도 떨어뜨려 놓을 수 없는 분신이 되어 있었다.

책을 읽거나 악보를 보는 일은 내 삶을 살찌게 하는 일로, 안경의 도움 없이는 힘든 일이다. 그런 내게 분명 잘 닦여진 안경을 썼는데도 가까이 있는 글씨가 잘 보이지 않는 현상이 나타났다. 몸의 활동이 지금보다 적어도 될 나이가 되었을 때, 원 없이 글을 쓰고 읽으며 지내리라 지녀왔던 야무진 꿈이 한순간에 무너져 내린다.

허탈해진 채 앉아 있는데 불현듯 친정아버지의 모습이 떠오른다. 콧잔등에 돋보기를 걸친 채 신문을 보시다가 가끔씩 고개를 들어 안경 너머로 딸을 바라보시던 아버지의 눈빛! 그 눈빛에 더없이 포근해져 오던 마음. 나이가 들어갈수록 가까운 곳에 있는 것이 잘 보이지 않는다는 것은 마음의 눈으로 보기를 은연중 말하는 것이 아닐까. 이제야 아버지의 그 눈빛의 비밀을 알 것 같다.

인자하신 마음의 눈으로 바라보시던 아버지의 눈빛이 흐릿한 시야 앞에서 나를 미소 짓게 한다.

생명의 노래

'나는 감동적이며 살아 있는 그림을 그리고 싶다.
붓의 움직임을 통해 삶의 아름다움을 노래하고 싶다.'

전시장 입구에 붙은 글귀는 관람객을 버선발로 맞이하는 듯 다가와 가슴을 마구 두근거리게 한다.

얼마 전 신문을 보다가 문화·공연 난에 한 줄로 적힌 전시회 소식을 보았다. 「김병종의 그림전」, 나른하기 그지없던 날들이었는데 불 지핀 아랫목처럼 마음이 데워지기 시작했다.

일주일 후, 아침부터 세미나를 시작으로 대학수업과 레슨까지 바쁜 일정을 마치고 저녁이 다 되어서야 평창동 가나 아트센터에 도착했다.

　처음 그의 그림을 보게 된 것은 오래전이다. 일주일에 한 번 꼴로 다니던 어느 전시장에서 뜻하지 않은 행운을 얻었다. 여러 작가들의 그림이 전시되고 있었는데 어느 그림 앞에서 그만 발길이 떨어지지 않았다.

　땅속 뿌리들을 그려 놓은 그림이었다. 얼기설기 엉켜 있는 뿌리의 그림은 무방비 상태인 내 안으로 쳐들어와 나를 흔들어 깨웠다. 산다는 것은 저렇게 엉키면서 살아내는 것인데……. 당시 나는 깊은 슬럼프에 빠져 있었다. 곧은 뜻대로 살아내지 못하는 자신이 초라하고 한심하게 여겨져 시름시름 앓고 있었다. '산다는 것은 뜻한 대로만 살아지는 것이 아니라 살아내는 것이로구나!' 그 힘든 상황에서 나를 일으켜준 것이 그의 '생명의 숲'이라는 그림이었다.

　새로운 사물을 만난다는 것은 얼마나 설레는 일인가. 그와의 만남으로 나는 꿈틀거리며 일어서는 기운을 얻었다. 그렇게 시작된 인연은 그 후 여러 지면에서 그의 글을 대하거나 이야기만 들어도 매번 살아 있는 힘을 받곤 했다.

　그가 '생명'을 주제로 작품을 계속해 오는 데는 계기가 있었다고 한다. 연탄가스 중독이었다. 작업실로 얻은 고시원 방에서 사경을 헤매다 두 달 가까이 입원하고 퇴원한 그는 생명이라는 것을 다시 보게 되었다. 산길의 들꽃 한 송이, 풀 한 포기도 예사롭게 보이지 않았다. 그 후부터 그는 붓의 움직임을 통해 삶의 아름다움을 노래하기 시작했다.

　두근거리는 가슴으로 들어선 전시장에는 생동감이 넘치는 봄빛으로 가득했다. 어린 시절 냇가에서 놀던 기억, 그 물결과 햇빛을 선의 에너지로 표출해 보고 싶었다고 한다. 작품에는 봄 햇살에 일렁이는 물결, 그곳에서 자기 몸짓보다 훨씬 큰 물고기의 등을 타고 앉아, 또는 물구나무서서 노는 아이들의 모습 등 50여 점이 '생명의 노래'란 주제 아래 먹선으로 표현되어 있었다.

봄은 화사하고 요란스럽게 오는 것이 아니라 작은 생명붙이들로부터 속삭이듯 일렁이며 오고 있었다. 액자 안의 물결이 내게로 흘러 들어와 나와 하나 되듯 나비와 소와 물이, 사람과 물고기와 물결이, 살아 있는 작은 생명들이 모두 하나 되어 자연을 이루고 있었다. 나는 1층과 2층을 오르내리며 봄 가뭄으로 건조해진 들녘이 단비를 만난 듯 내내 흡족했다.

예술의 힘은 참으로 위대하다. 봄을 맞지 못해 안타깝던 날들에 꽃눈을 터트리는 기쁨의 노래를 불러 주고 있다니! 예술을 향한 동경이 생명을 얻은 작은 생명붙이들처럼 내 안에서 꿈틀거리며 일어나고 있다. 이 봄, 이보다 더 좋은 선물이 어디 있으랴.

대구의 열기

여름 휴가철이 다가오자 가슴이 설렌다.

올해 하계 수필 세미나 장소는 대구다. 더운 곳이라고만 알고 있던 곳, 아직 한 번도 밟아보지 않았던 땅이기에 기다림은 그날이 그날인 일상에 활력을 준다.

드디어 7월 30일, 가장 많은 사람들이 움직이는 휴가기간이기에 이른 시간에 출발했다. 집 밖을 나선다는 이유만으로도 가벼워질진대 장거리 여행을 가는 길이니 가볍기가 나비의 날개만 못하랴. 동행한 문인들과 자유의 옷을 입고 달리듯 이야기는 즐거움을 낳았고 웃음보가 되어 터졌다.

다섯 시간을 달려 대구 시내에 다다랐다. 안내 표지판을 따라 넓은 호수를 옆에 끼고 구불구불한 길을 한참 올라서서 숲 속 같이 아늑한 곳으로 들어섰다. 대구 수성 호텔! 멋진 만남의 장소다.

반가움에 장거리의 피곤함도 잊은 채 얼른 차에서 내려 땅에 발을 내딛었다. 순간, 훅! 하며 아랫도리를 잡아채는 열기에 당황했지만 눈길은 바삐 오고가며 친숙한 이들을 찾기에 바쁘다. 각지에서 모인 각양각색의 얼굴들이건만 한결같이 기대감으로 가득 차 보인다.

웅성거리는 사람들 속에서 문득, 넓고 푸른 바다 한가운데로 길이 열리는 진도의 바닷길 모습이 떠올랐다. 자연의 신비를 체험하기 위해 세계 각지의 사람들이 속속들이 모여들어 카메라를 들이대는 진도. 바다가 열리는 기적이 일어나길 잔뜩 기대하며 수런대던 눈길. 드디어 길이 열리고 감탄과 감격 속에서 징징 울려대는 뽕 할머니의 씻김굿도 보고, 물이 빠져 얕아진 곳에서 뛰어 오르는 고기도 잡아보고, 신비의 바닷길을 체험하기 위해 줄지어 걸어도 보는 신나는 축제의 모습이다.

기쁨과 설렘으로 떠들썩한 만남의 장이 한차례 지나고 숙연한 세미나 시간으로 이어졌다. 모두 펜을 들고 학생의 자세로 진지하다. 연이어 계속되는 강의에도 지루한 줄 모른다. 대구의 열기는 에어컨 냉기로 가득한 실내에서도 여지없이 뜨겁게 달아올랐다.

밤이 늦도록 친교의 시간이 계속된 다음날 문학기행 장소는 팔봉산자락에 있는 동화사였다. 예상보다 많아진 인원들로 다소 버스탑승이 혼잡하였지만 금세 여러 대의 버스가 수학여행 버스들처럼 꼬리를 물고 달렸다.

창밖을 향한 눈에 싱그러움이 전해왔다. 여름 하늘의 푸른 기운

탓이려니 하다가 유달리 시내에 나무들이 많다는 생각이 들었다. 알고 보니 시(市)에서 이웃 간의 콘크리트 담장을 없애고 그곳에 나무 심는 일을 적극 추진하고 있다고 한다. 창밖을 바라보며 절로 고개가 끄덕여졌다. 비록 다른 지역보다 수은주가 더 오르는 곳이지만, 가난하고 형제가 많은 집이 재산은 없어도 우애가 깊은 것처럼 더 살기 좋은 도시이지 않을까, 은근히 정이 갔다.

한 시간 남짓 달렸을까. 일자로 뻗은 팔공산 진입로가 서서히 곡선을 그리기 시작하더니, 얼마 안 가 파군재가 나왔다. 파군재는 파계사와 동화사가 갈라지는 골목으로 고도가 점점 높아지면서 팔공산이 본격적으로 펼쳐졌다. 푸름이 더욱 깊어진 길을 30여 분정도 더 달려가니 동화사가 나타났다.

동화사는 유서 깊은 신라 고찰로서 도학동 골짜기에 자리 잡고 있었다. 동화사의 유래는 소지왕 15년 극달 화상이 창건하여 유가라 부르다가 흥덕왕 7년 심지대사가 중창할 때 오동나무가 상서롭게 꽃을 피웠다고 하여 동화사로 불리게 되었다 한다.

우리 일행들은 뒤틀린 나무를 기둥으로 사용해 자연미를 살린 대웅전을 시작으로 관광 해설사의 안내를 받으며 곳곳을 살폈다. 해탈교 위에서 동전을 던졌다. 노랗고 하얗게 반짝이는 물속 동전을 들여다보니 욕심을 던져 버린 듯 마음이 맑아져 왔다.

통일대전을 지나자 가파른 계단이 나타났다. 내려가야 할 아래를 바라보니 까마득해 보였다. 그러나 힘든 일 앞에서 늘 그렇듯 크게 숨 한번 쉬고 내려섰다. '어차피 내가 해야 할 일이라면 즐겁게 생각하자.' 그러면 금세 그 일은 내가 감당할 수 있는 일이 되고 만다. 한발 한발 계단을 딛을 때마다 세미나를 통해 만나게 된 얼굴들을 떠올리며 내려갔다.

까마득했던 것도 잠시, 다 내려서고 보니 양어깨에 클러치를 한 까닭에 비록 온몸이 후들거리며 땀으로 젖었지만 108계단을 한 계단씩 내려오며 떠올린 많은 인연들로 미소가 지어졌다.

문학기행을 끝으로 숙소로 돌아온 우리는 가족 같은 편안함과 어깨를 토닥이는 손길, 눈길을 간직한 채 아쉬운 맘을 접고 서둘러 자리를 떴다. 또다시 만날 것을 알기에…….

1박 2일의 일정을 마치고 집으로 돌아오는 차 안에서 눈을 감는다. 소재의 궁핍으로 힘들어하는 내게, 글을 쓰려는 마음에 앞서 사랑의 눈길이 필요한 것이라고, 사물 하나하나에 애정을 주면 그 것은 어느새 다가와 글이 된다고 하시던 선생님의 말씀이, 대구의 열기를 안고 온듯 가슴을 뜨거워지게 하며 내년의 여름을 기다리게 한다.

길에 갇혀서

공연장을 갖춘 H백화점이 생겼다. 마음은 원하면서도 시간과 거리 관계로 자주 공연과 접할 수 없었던 내게는 참으로 다행스런 일이 아닐 수가 없다. 반복되는 일상을 문밖에 세워두고 공연장으로 들어설 때면 매번 설레는 마음이 되곤 한다.

'어떤 새로움이 나를 기다릴까.'

오늘 공연은, 조승미의 '뮤지컬과 발레의 만남'이다. 여러 날을 기다려온 이 공연과 함께하기 위해 서둘러 차에 시동을 걸었다. 잠시 후, 요란한 사이렌 소리가 울렸다. 궁금해서 라디오를 틀었다.

'민방위 훈련이 있는 날입니다.'

오늘은 15일! 신호등 앞에 정지해 있는 차는 꼼짝달싹도 할 수 없게 되었다. 초조함과 답답함, 길 위에서 길에 갇힌 것이다. 전혀 뜻하지 않은 상황에서 마냥 자유롭고 싶어졌다.

결혼을 하고 낯선 도시로 온 후, 나는 같은 목소리로 같은 소리만 내는 새장 안의 새처럼 살고 있었다. 사회와 담을 쌓고 집안의 울타리 안에서 자신을 잃고도 잃어버린지 모른 채, 자유롭게 날던 창공을 잊고 주인의 손길에 길들여지고 있는 새였다.

그러던 어느 날, 무심코 창 밖 하늘을 보고 울고 있었다. 무엇하나 막히지 않은 드높은 하늘이 왜 그리도 푸르던지. 아마 그때부터인 것 같다. 편안하던 집안은 답답하기만 했고 늘 목이 탔다. 잠시 잊고 지낸 글쓰기 공부를 다시 시작하며 갈증을 풀기 위한 것들을 찾아 나섰다.

다시 길게 사이렌 소리가 울리고 갇힘에서 풀려났다. 20여 분이 지났을 뿐인데 오랜 시간이 흐른 것 같았다.

시간에 임박하여 가까스로 공연장에 들어설 수 있었다. 공연은 웨스트사이드 스토리의 '마리아' 음악에 맞추어 추는 발레로 젊은 이들의 순수한 사랑을 다룬 작품이다. 두 젊은 발레리나와 발레리노의 애틋한 표정 위로 흐르는 선율이 서서히 나에게 다가왔다.

얼마나 지났을까. 아름답고 다정한 몸동작으로 내가 무대 위를 흐르는 발레리나가 된 듯 흠뻑 그들의 혼에 빠졌다. 알 수 없는 슬픔의 기운이 온몸을 감싸왔다. 아름다움과 슬픔은 결국 같은 느낌일까? 눈물이 볼을 타고 흐르고 있었지만 닦는 것조차 잊었다. 그들의 춤사위가 끝나고도 너무 경이로워서 박수를 칠 수가 없었다. 뒤늦게 박수를 보태는데 천천히 걸어 나온 해설자는 발레리나가

청각장애를 가지고 있다고 설명한다. 손뼉에 더욱 힘이 가해졌다.

처한 환경에 좌절하지 않고 앞으로 나아가기 위해 얼마나 외로 웠을까. 내 일인 양 콧등이 시큰해져 왔다. 음이 단절된 고통과 싸 워서 이룬 아름다움이다. 그녀가 마치 갇힌 세계에서 자유를 찾아 날아 오른 한 마리 새처럼 보였다.

창작을 하고자 하는 이에게 안주란 감옥에 있는 것과 같지 않을 까. 자유를 맛본 이에게 감옥이란 견딜 수 없는 구속이다. 나는 때 때로, 그저 주어진 여건에서 편안히 살 수도 있는데 왜 아파하고 힘들어하며 글을 쓰려 하는지 의문이 들 때가 있다. 그러나 깨어 살아 있기 위해서는 글이 필요하다. 고정관념에 갇혀 보이는 것 안에서만 머문다는 것은 고여 있는 물과 같다. 살아 흐르고 싶다. 그녀의 빛나는 오늘처럼 어려운 상황 속에서도 끝없이 길을 만들 며 살고 싶다. 내가 공연장을 찾아 나서는 것은 내 안에 갇혀 살지 않기 위한 몸부림이다.

집으로 돌아오는 내내 가슴을 잡아끄는 그녀의 아름다운 춤사 위가 바람 속에서 울리는 풍경소리 같다.

작은 행복

조카 돌잔치에 다녀오는 길이다. 달리는 차 뒷좌석에서 아이들은 무엇이 그리 재미있는지 킥킥거리며 웃어댄다. 엄마의 운전하는 모습에서 편안함을 느낀 것일까. 운전 초보시절 함께 시내라도 나설라치면 나보다 더 긴장한 아이들은 숨소리조차 삼킨 듯 조용했었는데. 아이들의 믿음이 작은 떨림으로 몸을 적셔 온다. 새삼 운전의 고마움을 느끼며 고속도로를 달린다.

운전을 배우게 된 계기가 생각난다. 연년생인 두 아이를 데리고 택시를 잡으려고 집 앞에서 애를 썼다. 그러나 택시들은 약속이나 한 것처럼 한결같이 우리 앞을 쌩쌩 지나쳐 갔다. 어린 두 아이들과 소아마비로 목발을 짚은 나의 모습이 그들에게 차를 멈추지 않도록 했을까. 막막한 심정이 되어 택시를 잡으려고 조금씩 길을 따라 걷던 나는 끝내 차를 잡지 못한 채 어느 사이 목적지 가까이까지 가 있었다. 온몸에 맥이 풀리며 마음을 추스르기가 힘들었다. 그런 일이 있은 후 서둘러 운전면허시험을 치렀다.

처음 운전을 시작할 땐, 갓 시집 온 새색시처럼 매사에 조심조심 앞부리로 걷는 기분이었다. 신혼살림처럼 한동안 서툴던 운전도 시간이 지나감에 따라 점차 익숙해져 쉽게 움직일 수 있게 되었다. 택시를 잡지 못했던 일이 오히려 득이 된 셈이다.

뒷좌석에서 조잘대던 아이들은 어느새 잠이 들었는지 조용하다.

운전을 하면서 많은 생각을 하게 된다. 풀리지 않아서 답답한 일이나 문제들은 차를 몰고 다니다 보면 자연스럽게 정리된다. 뿐만 아니라 차 안은 창작공간이 되기도 한다. 몸으로는 핸들을 잡고 머리로는 글감을 찾아낸다. 집에 앉아서 생각하거나 글을 구상할 때보다 차를 몰고 달릴 때 오히려 내 속에서 퍼덕거리는 날갯짓 소리가 더 잘 들린다. 그럴 땐 갓길에 차를 세워 두고 떠오른 생각이 사라질세라 적으며 생각에 잠긴다.

일상적인 삶의 굴레에서 숨이 막힐 것 겉은 답답함을 느낄 때면 탁 트인 자유로를 달린다. 소낙비라도 내리는 날엔 액셀러레이터를 잡은 손에 힘이 들어간다. 쏟아지는 빗속으로 질주하면 빗줄기가 창을 부딪치는 속도에서 짜릿한 쾌감을 느낀다. 이렇듯 시원스럽게 달리고 나면 극은 극으로 치료가 되고, 슬플 때는 슬픈 음악이 오히려 위로가 되듯이 얼마간은 그 힘으로 살 수 있다.

몇 년 전 사고를 낸 적이 있다. 차가 부서져 내려앉고 병원신세를 지게 하는 사고였다. 며칠간은 운전대 잡기조차 겁이 나고 두려웠지만 그뿐, 차는 내 신체의 일부인 양 뗄 수 없는 존재가 되어 있었다. 두발을 나란히 땅에 딛고 살 수 없는 탓으로 늘 신명나게 달리고픈 욕구에 시달린다. 그럴 때마다 정규속도를 제시해 놓은 표지판이 욕구에 브레이크를 건다.

고속도로를 빠져 나와 복잡한 시내로 들어섰다. 앞차의 꽁무니를 바라본다. 신호 한번 받기가 무척 더디다. 늘어선 차들 속 풍경들이 낯설지 않다. 지루한 표정으로 늘어지게 하품을 하는 모습, 쿵쿵 울리듯 음악을 틀어 놓고 따라 부르는 신나는 표정, '초보운전'이라는 글씨를 붙이고 초조한 듯 운전대를 꼭 쥐고 있는 모습들이 한때의 내 모습을 보는 듯 정겹다.

푸른 신호가 들어온다. 달리고 싶은 마음과는 달리 차들은 느릿느릿 움직이기 시작하고 나도 그 대열에 끼어 움직인다.

차창 밖 햇살이 연둣빛으로 어른거린다. 바쁜 남편과 함께하지 못한 서운함은 사라지고 조카 돌잔치에 아이들이나마 데리고 다녀올 수 있었음이 다행이다. 장거리를 다녀온 피곤함마저 느긋한 행복으로 다가오는 시간이다.

따뜻한 마음

은행잎이 보도블록을 수놓은 길을 걸어가며 생각에 잠긴다.

내가 그를 만난 건 크리스마스이브 날이었다. 유난히도 검은 눈썹이 눈에 띄던 그는 청년들의 모임에서 술 한 잔에 잠들어 버리는 순진함으로 내 마음에 다가왔고, 다음 날로 취직이 되어 떠났기에 오르간을 누르는 건반 사이사이에 그리움으로 남았다.

그러던 어느 날부터 매일같이 편지가 오기 시작했고, 드디어 그에게로부터 청혼을 받게 되었다. 그러나 결혼을 하기에는 많은 장애가 기다리고 있었다. 나는 양어깨에 클러치를 의지하여야만 걸을 수 있는 신체장애를 가지고 있었고, 그보다는 나이가 많았다.

그 당시 나는 학교를 졸업하고 고향에 내려와 성당에서 반주도 하며 피아노 교실을 하고 있었는데, 그의 어머니께서 몇 차례 나를 찾아오셔서 한 마디 말씀도 없이 앉았다 가시곤 하였다. 나중에야 알게 된 일이지만 어머니 말씀 한 번 거스르지 않던 아들의 청을 차마 거절하지 못하고 나를 설득하려고 오신 것이었는데, 차를 내놓고 말없이 앉아 있는 나의 모습이 더 안타까우셨단다.

양쪽 집안을 오고 가며 설득하고 애걸하는 동안 그의 몸무게는 7kg이나 빠졌고, 나의 가슴은 숯검정이 되어갔다. 드디어 양쪽 부모님이 만나신 자리에서 어머님은 아들에게 "네가 저 아이의 손발이 되어 살 수 있거든 결혼하거라." 말씀하셨다.

하늘을 날아오르는 기분이련만 순간 오히려 멍해지며 전신의 힘이 쭉 빠졌다. 그렇게 얻은 승낙과 함께 자그마한 동네 사람들의 호기심과 축복 속에서 여름도 마다하지 않고 곧바로 결혼식을 올렸다.

그의 직장이 있는 부천이라는 낯선 도시에 신접살림을 차리고 한 달쯤 지났을까, 어머님과 시누이들이 친지들과 함께 집 구경을 오셨다. 나는 긴장된 몸과 마음으로 이것저것 신경을 쓰며 대접을 한 탓인지 코피가 터지고 몸살인 듯 밤새 아팠다.

그래서 다음날 가기로 한 유원지에 함께 가지 못할 것 같다고 조심스럽게 말씀드렸는데, 당신들을 달갑게 생각하지 않기 때문이라고 오해를 하시고 어머니만 남으시고 모두 흩어져 가셨다.

어머님은 서운함으로 노하셨고, 나는 그것 하나 감싸주지 못한 남편에게 실망하여 몇 날을 불편한 가운데 지냈다. 그러다가 화해의 매개체가 된 것이 커피였다.

그 누구의 잘잘못이 있고 없음을 떠나 어머님의 마음을 노하게 한 것 그 자체가 잘못이라는 것에 생각이 미치게 되는 순간, 내가 제일 좋아하는 커피를 타 가지고 어머님 앞에 가서 무릎을 꿇었다. 커피 향은 코끝을 자극하며 방안으로 퍼져 나갔다. 한참을 그대로 있다가 고개를 드니 어머님께서 커피 잔을 내려놓으시며 "잘 마셨다." 하고 웃으셨다.

결혼 후, 우리는 1년이면 몇 차례씩 둘째 형님과 함께 사시는 어머님을 뵈러 시골집에 가곤 했다.

그러던 어느 해. 유난히도 낙엽이 예쁘고 붉게 익은 감들이 풍요롭던 가을, 우린 시골에 계신 어머님을 찾아뵈었는데 그날을 참으로 잊을 수가 없다.

단출하게 사시는 집에 막내아들과 며느리가 아이들을 데리고 왔다고 어머님은 환하게 웃으시며 맞으시지만 늘 그랬듯이 재래식 집의 구조는 마음을 무겁게 했다. 토방에 올라서 마루를 지나 문턱을 넘어 방으로 들어갔다가 다시 되짚어 나와 부엌으로 오르내려야 하는 것이 그 무엇보다도 내겐 힘든 일이었다. 시집에서 내가 할 수 있는 일이란 기껏 마늘을 깐다든지, 펴놓은 상을 닦거나, 가져다 놓은 수저를 상 위에 놓는 일처럼 앉아서 하는 일이 다였다. 그런 내가 행여 마음 상해할까 봐 어머님은 많은 신경을 써 주셨다.

그날도 차려다 주신 밥을 먹고, 할 일 없이 마루에 걸터앉아 하늘 한쪽에 마음을 담그고 있는데,

"야야, 커피 마시고 싶제!"

바로 옆에서 나는 소리에 돌아보니 어머님께서 양은냄비에 끓

인 물과 커피 통을 마루 위에 놓고 계시는 것이 아닌가! 순간 눈물이 핑 돌고 눅눅했던 마음이 녹아내리며 시골 아랫목 같은 기운이 차올랐다.

어디선가 낙엽 태우는 냄새가 커피 향으로 다가선다. 커피 향기가 코끝을 스칠 때면 그리운 옛일이 떠오르며 다른 사람에게 좋은 영향을 미칠 수 있는 삶을 살겠노라 다시금 다짐한다.

계기

어느 복지관에 절름발이 12세 소년이 있었다. 그를 돌보는 처녀 선생은 아이들이 함성으로 운동장을 메울 때 홀로 시간을 보내고 있는 소년이 그들과 함께 뛰어 놀 수 있도록 해 주고 싶었다. 그녀는 여러 곳으로 수소문하여 소년을 수술해줄 의사를 찾아내었다. 수차례의 수술과 물리치료의 피나는 노력으로 소년은 다른 아이들과 함께 걷고, 뛰고, 달릴 수 있게 되었다.

새로운 출발에는 어떤 계기가 필요하다. 의지가 약한 인간의 변명쯤으로 여겨지기도 하겠지만 그 계기란 우연에서 올 수도 있고, 의식적인 사건에 의해서도 온다. 복지관의 소년은 선생과의 만남을 계기로 새로운 삶을 시작하게 되었다.

내가 중학교 2학년 때 일이다. 나는 내색하지 않으려는 아픔으로 나날이 야위어 갔고 자주 등교 길에 쓰러지곤 했다. 어릴 때 앓은 소아마비는 내게 다른 아이들보다 뒤처지지 말아야 한다는 강박관념을 갖게 했고 그것이 나를 더 힘들게 했다. 노력에 비해 쉽게 오르지 않는 성적으로 조급해했으며, 지금 처한 상황보다 좀 더 나은 그 무엇이 없다는 의식으로 자주 쓸쓸해했다. 그것은 내게서 차츰 말을 빼앗아 갔고, 사람들을 피하도록 만들었다. 그러던 어느 날, 아버지는 내게 '대기만성(大器晩成)'이라는 붓글씨를 써 주셨다.

"아가, 너무 조급히 생각지 말아라. 큰 그릇은 늦게 되는 법이란다."

등에 손을 얹어 토닥이며 글의 뜻을 한자 한자 설명해주시던 아버지와 마주앉아 주고받았던 그 눈빛. 조급증으로, 강박관념으로 시달리다가 자포자기가 된 내게 그 눈빛은 풍선에 공기가 차오르는 것 같이 세포 하나하나에 새로운 기운을 더해주었다. 꽁꽁 얼어붙은 몸에 피돌기가 시작되며 평온함이 왔다. 온갖 어설픈 아픔들이 녹아내리기에 충분했던지 나는 내리 몇 날을 자고 또 잤다. 그 후 차츰 적극적이고 긍정적인 아이가 되어갔다.

여러 해가 지난 어느 날, 소년을 무료로 치료해준 의사는 거리에서 그 처녀 선생을 만났다. 그는 반갑고 궁금하여 소년의 소식을 물었다. 그녀는 한참 만에 대답을 했다.

"그 아인 지금 교도소에서 죗값을 치르고 있어요."

그녀는 걷는 법을 가르쳐 주었으나 걸어야 할 길을 가르쳐 주지 못했노라고 눈물을 보이며 자책했다. 그 소년에게는 또 다른 하나의 계기가 필요했는지 모른다. 다만 그 기회를 만날 수 없었던 것은 아닐까.

마흔을 훌쩍 넘긴 내게 예고 없이 찾아든 손님처럼 그러나 결코 낯설지 않은 공허감이 깊숙이 찾아왔다. 흐르는 땀 속에서도 시린 가슴을 안고 자꾸 움츠러든다. 열심히 살아왔다고 자부하며 뒤돌아 본 곳에는 가을 들녘처럼 쓸쓸한 바람만이 불고 있다.

살아온 날에 대한 허망함이 망망대해의 돛단배처럼 외로움으로 밀려온다. 무엇을 위해 살아왔는지 내 기억의 강을 되짚어 거슬러 가 본다. 나의 시야 밖에 있는 것들을 거부하며 바쁘게만 쫓아온 날들이었다.

그러나 내게 주어진 현실은 아무도 밀어주지 않는 수레를 혼자 끌고 가야 할 상황이다. 견디어 내야 하는 정신적 아픔 앞에서 지금까지 나를 지탱해 오던 것들이 부질없는 일이 되어 안으로 침잠하게 한다.

나에게 또 다른 계기가 필요한 걸까. 어릴 적 아버지가 주신 것처럼 내가 획을 그을 수 있는 섬광 같은 한 순간이 올 수 있을까.

가을 산을 본다. 온통 푸름으로 아우성치던 시절은 어디로 가고 산들은 성긴 가슴을 여미며 다른 세상이 되어가고 있다.

세월의 먼지

벽에 못 박는 소리가 들린다. 낮 시간에 엘리베이터를 잡아두고 이삿짐을 나르던 위층 사람들이 떠오른다. 짐 정리를 마치고 벽에 액자를 걸고 있나 보다.

유키 구라모토의 피아노 음악을 듣고 있던 나는 못마땅한 듯 고개를 들고 천장을 바라보다가 중앙 벽면에 걸려 있는 그림에 눈이 간다. 한참을 잊고 지냈던 그림이다. 이사 오던 날 걸어 놓은 그 자리에 얌전히 걸려 있다.

결혼을 하고 친정으로 인사를 갔을 때 아버지께서 소중한 보물을 건네듯 내어 주신 그림이다. 마음 심(心)자를 먹을 이용하여 새우로 표현해 놓은 그림이다. 직사각 틀 안에서 살아 움직이는 듯한 새우들이 긴 더듬이를 위로 흔들며 즐거운 놀이를 하는 양 글

자의 획을 만들고 있다. 즐거움이 넘쳐나는 새우들 한 쪽에 '水中
長樂(수중장락)' 이라는 글귀가 한층 맛을 더해 준다. 물 가운데 즐
거움이 가득하다는 뜻이리라.

액자를 걸던 날 여기저기에 못질을 하다가 이 그림만은 가까이
에 두고 귀하게 다루고 싶은 생각으로 안방 중앙 벽에 걸었다. 먼
지도 없는 액자의 유리를 닦으며 콧노래를 흥얼거렸다. 행여 손님
이라도 올 때면 은근히 안방까지 데리고 들어가 자랑삼아 보여 주
곤 했다.

그림은 차츰 눈에 익숙해져서 일상의 한 모습으로 자리매김되
어 갔다. 일 년, 이 년 시간의 먼지를 맞으며 잊힌 듯 관심 밖으로
밀려났다.

화초는 조금이라도 사랑이 덜하면 금세 축 처진 모습으로 시선
을 모으는데, 액자 속 그림은 사각 틀 안에서 아무 일 없는 척 자
리를 지키고 있다.

결혼한 당시 남편은 나의 손발이라도 되는 양 세심한 일까지 신
경을 써 주었다. 그는 차가운 손을 나의 볼에 대며 바깥 공기를 전
해 주기도 하고, 아픈 발을 주물러 주기도 했다.

아이들이 태어나고 할 일들이 늘어나면서 우린 차츰 서로를 위
한 배려보다 생활을 위해 살아가고 있었다. 때가 되면 바뀌는 계
절처럼 당연히 일상인이 되어 가고 있었다. 흐르는 세월의 먼지를
둘러쓴 채 관심 밖에서 혼자 걸려 있는 액자의 모습이 나의 모습
처럼 다가왔다. 내가 그 액자가 아닌지.

어느 날부터인가, 나는 답답한 일상에서 탈출을 꿈꾸기 시작했

다. 닫힌 문을 열고 밖을 향했다. 화랑이 즐비한 거리들이 나를 잠시 전시실로 이끌었다. 그곳의 그림들은 알맞은 조명을 받으며 많은 사람들의 눈길 속에서 빛났다. 사람들은 전시장을 돌아보고 나가면서도 아쉬운 듯 한 번 더 되돌아보는 관심을 남겼다. 채워지지 않는 갈망으로 거리를 걷고 걷는 날들 속에서 쉬이 잠들지 못했다.

우리는 가까이 있는 것의 존재는 잊고 사는 듯하다. 그러나 그것이 믿음에 의한 것임을 깨닫기까지 나는 한동안 방황을 했다. 공기는 늘 곁에 있지만 살아가면서 특별한 경우가 아니고선 공기의 존재를 되새기며 살고 있지 않듯, 가족들은 서로를 믿고 의지하며 살지만 그것을 매일같이 드러내놓고 얘기하며 살지 않을 뿐이었다. 내가 허전하고 쓸쓸한 상념에 사로잡혀 밖을 향하고 있는 동안에도 나를 믿고 있을 가족들.

액자를 건네주신 아버지의 깊은 뜻을 이제야 조금 알 것 같다. 새우는 물속을 떠나서 살 수 없듯이, 가정이라는 우물 안에서 즐거움이 샘솟기를 바라는 아버지의 깊은 사랑을……. 밖을 향할수록 고갈되어만 가던 사랑을 가정 안에서 퍼올려야 하리라.

나는 액자의 먼지를 닦기 위해 자리에서 일어선다.

모과

  과감히 여행길에 올랐다. 톱니바퀴처럼 맞물린 일상의 틀 안에 묻혀 지낸 날들이다. 가을이 도심 속까지 깊숙이 자리했다는데도 도무지 느껴지지 않아서 가을을 만나고 싶어 떠난 여행이다.

  깊은 산속, 맑은 개울을 끼고 단풍진 구불구불한 길을 따라 버스는 달렸다. 새로운 풍경이 나타날 때마다 차 속 여기저기에서 짧은 감탄들이 새어 나온다. 그러나 들뜬 수런거림의 시간 속에서도 내 가슴은 마중물 없는 펌프질마냥 무감각했다.

  산사를 거닐며, 시비를 읽으며, 무수한 돌탑 사이를 오갔지만 가을은 쉬이 내게 문을 열어주지 않았다. 지천으로 가을이 깔렸다는데도 끝내 젖어들지 못하고 삭정이 같은 마음을 안고 돌아가는 버스에 올라탔다.

술렁이는 분위기와는 아랑곳하지 않고 말없이 그저 목적지만을 기다리며 지친 표정으로 멍하니 앉아 있는데, 옆자리에 앉은 사람이 느닷없이 "저기!" 하며 손을 뻗었다. 얼떨결에 그의 쭉 뻗은 손을 따라 시선을 옮겨 창밖을 바라본다.

아! 그곳에 가을이 있었다. 유난히도 빛나는 햇살을 안고 허름한 리어카에 수북하게 쌓여 있는 모과. 가을이 달콤한 향기를 품고 성큼 내 안으로 들어왔다. 그의 손을 덥석 잡고 싶었다. 무작정 그 사람이 좋아졌다.

어린 시절, 낙엽 진 나무 밑을 지나다가 주워 든 이상하게 생긴 과일, 엄마는 치맛자락에 쓱쓱 문질러 한 입 베어 물고 내게 쑥 내밀었다. 나도 엄마 흉내를 내며 한 입 베어 물다 말고 퉤퉤! 연신 입을 문질렀던 과일이다.

모과는 울퉁불퉁 못생기고 맛이라고는 시고 떫고 쓰기만 했다. 그러나 잠시 손끝에 머물다 간 모과는 달콤한 향기를 남겨 주었다. 마음이 차분히 가라앉고 영혼까지 맑아질 것 같은 향기였다.

어떤 꽃을 좋아하느냐는 질문을 받은 적이 있다. "아카시아 꽃, 치자 꽃, 등꽃."이라 했더니 대뜸 그 친구 "꽃향기가 좋은 나무만을 좋아하나 봐." 했다. 그 말을 듣고서야 몰랐던 사실을 알게 되었다. 어쩜 나도 모르는 사이에 어릴 적 체험이 내게 각인이 되어 유년의 향기를 그리워하며 살았었나 보다.

못생긴 사람을 두고 모과 같다고 한다. 내가 어렸을 때 할머니는 집에서 마당을 쓸거나 나무를 쌓는 등 허드렛일을 도와주던 아저씨에게 늘 "저 위인은 생기기는 모개(모과) 같아도 심성만은 일품이여!" 하시곤 했다. 시꺼먼 얼굴 생김새와는 달리 무거운 짐을 나르다가도 내가 바라보면 굽은 허리를 펴며 푸른 하늘처럼 웃어 주곤 했던 아저씨, 울퉁불퉁 못생겼지만 그 안에 향기를 지닌 사람임에랴 무얼 탓하랴.

평탄한 삶을 살아오지 못한 날들이지만 음영 사이에서 폴폴 향기를 품어내는 모과 같은 사람이고 싶다.

가을을 품지 못해 떠난 여행, 그 길에서 만난 사람이 무작정 좋아진 것은 그러고 보니 손끝에 남아 있던 유년의 향기를 찾게 해 준 탓인가 보다. 풍요로운 고향을 찾아가듯 서서히 가을이 차오른다.

고향에서 온 손님

얼마 전, 부모님으로부터 택배 한 상자가 왔다. 시골향이 그리웠던 탓일까. 고향 들녘을 대한 듯 왈칵 반가웠다. 서둘러 풀어 본 상자 속에는 열무, 상추, 치커리 등 무공해 야채들이 수북이 들어 있었다.

먼 길에 지쳐 보이는 야채를 한 줌 쥐어 '텀벙!' 시원한 물에 담았다. 그 순간 상추잎에 붙어 있는 달팽이 두 마리가 눈에 들어왔다. 나도 모르게 비명을 질렀다. 깜짝 놀라 달려온 아이가 싱겁다는 듯이 웃더니 상추잎에 붙어 있는 달팽이를 집어서 식탁 위에 올려놓는다.

내가 달팽이에 대해 아는 것이라고는 무거운 집을 등에 지고 다니는, 답답할 정도로 느린 동물이라는 정도였다. 더군다나 축축한

촉감이 싫어 손등에 올려놓고 노는 아이들을 바라보는 것마저 싫어했다.

가까이 다가가지 못하고 멀찍이 떨어져서 바라보는데 딸아이가 말했다.

"엄마, 부부 달팽이인가 봐. 그러니까 한 잎에 같이 붙어 있지!"

그 말이 집안일을 하는 오후 내내 머릿속에서 맴돌았다. 그러던 어느 순간, 따가운 햇살 아래서 자식 위하는 마음으로 텃밭에 정성을 쏟는 부모님의 뒷모습이 보이는 듯하였다.

달팽이 가까이 다가가서 가만히 바라본다. 그토록 징그럽게 보이던 달팽이였는데 서서히 호기심이 생기며 정이 가기 시작했다. 이마에 땀방울이 맺혀 오는데도 미소를 머금은 채 상추잎을 따는 어머니의 모습을 저 달팽이는 보았겠지. 달팽이의 여행이라! 여기까지 오느라 힘들었을 텐데 어딘 줄은 아는 걸까?

움푹한 유리그릇에 상추잎을 깔고 두 마리 달팽이를 넣어 두고 걱정이 앞선다. 먹이는 무엇을 주어야 하며, 어디에 두어야 하는지, 이대로 죽어버리는 것은 아닌지……

다급한 마음에 인터넷을 뒤졌다. 그곳에는, 요즘 애완용으로 달팽이 키우기가 인기라는 것과 여러 정보들이 들어 있었다. 달팽이는 연체동물이다. 평평한 발이 몸의 배 부분에 있는 복족류로 암수가 한 몸이며, 머리에는 명암을 알아내는 더듬이가 있다. 여러 정보 가운데 특히 눈길을 끄는 것은 달팽이의 평균수명은 5~8년인데 환경이 나쁠 때는 동면에 들어가 몇 개월간이라도 먹이 없이 생존이 가능하다는 점이었다. 내가 지치고 힘들 때 잠시 고향생각에 잠겼다 일어나 새 힘으로 살듯 달팽이에게도 피난처가 있다니…….

새로운 것들을 알게 되니 달팽이에게 더욱 애착이 갔다. 하루에도 몇 차례씩 식탁 앞으로 다가가 확인을 한다. 깨끗한 환경을 좋아하는 달팽이가 혹, 우리 집의 환경이 맞지 않아 잠을 자지나 않을까 해서다. 다행이도 호기심 어린 아이마냥 그릇의 가장자리에 올라서서 긴 더듬이를 내어밀고 두리번거리고 있다. 손끝을 살짝 대어보면 더듬이를 쏙 넣었다가 금세 다시 내어민다.

야채에 물을 뿌리고 계란껍데기를 빻아서 그릇 안에 넣어 준다. 달팽이는 고맙다고 노래라도 하는 듯 더듬이를 빼어들고 이리저리 움직인다. 새삼스레 정성을 기울이는 엄마를 딸아이는 신기한 듯 바라본다.

시골에 사는 부모님은 작은 텃밭에 정성껏 야채를 키워서 택배로 부쳐주신다. 시장에 나가면 파릇파릇 싱싱해 보이는 야채들은 쉽게 구할 수 있지만, 농약 한번 치지 않고 벌레를 잡아가며 정성으로 기른 무공해 야채를 찾기는 쉽지 않다.

상자를 펼치면 수더분한 아낙 같아 보이는 야채와 어머니의 자식 위한 무공해 같은 순수한 마음이 집안에 가득 차다 그 기운이 나를 온통 적시도록 상자를 풀어 놓고 한참 동안 가만히 앉아 있다. 어쩜, 그 힘으로 오늘의 내가 있는 건 아닐까. 그동안 여러 어려움 앞에서 쉬이 무너지거나 포기하지 않고 견디어 내며 살아올 수 있었던 것은 이런 어머니의 사랑이 있었기 때문이리라.

무슨 말을 하려는 걸까?

　달팽이 두 마리가 유리그릇의 가장자리까지 올라서서 긴 더듬이를 이리저리 움직이며 신호를 보내고 있다. 저 달팽이가 혹, 미처 깨닫지 못하며 살아온 내게 좋은 것만 주려는 순수한 어머니의 무공해 사랑을 전하려는 전령사이지는 않을까.

책과 나

서둘러 집을 나선다.

결혼식 날 폐백실에서 절을 할 때 한 쪽 팔을 잡아준 친구. 오랫동안 서로 소식도 없이 살아왔었는데 그 친구가 서울로 이사를 왔단다. 달려가 만나고 싶었지만 길눈이 어두워 주저하고 있었는데 내 마음을 알기나 한 듯 그녀가 나를 만나러 오고 있다.

약속 장소에 도착하고 보니 아직 10여 분이 남아 있다. 서점으로 향했다. 그녀에게 줄 책을 고르고 있으니 사랑하는 이에게 건네 줄 연서를 쓰듯 가슴이 두근거려 온다.

내게 행복한 순간은 넉넉하지 않은 용돈으로 읽고 싶은 책을 사러 서점에 가는 일이다. 도시로 나가 공부할 때 농촌에 계신 부모님이 용돈을 보내오면 제일 먼저 쪼르르 서점으로 가 책을 샀다.

그러고는 한동안 부자가 된 마음으로 지낼 수 있었다.

학교를 졸업하고 가지게 된 나의 방은 장방형으로 아주 길고 커서 중간에 책장을 겹으로 놓아 두 개의 방을 만들었다. 벽과 책장 사이엔 약간의 공간만이 남아 그곳에 커튼을 치고 겨우 한 사람만 드나들 수 있는 비밀 통로를 만들어 썼다. 자주 찾아오는 친구나 후배들은 잘 진열된 책을 빼들고 읽으며 차를 마시고 부러운 말들을 흘리고 갔지만 은밀스런 뒤 공간은 상상도 못했으리라.

자그마한 창가에 침대가 놓여 있고 벽면으로 된 책장엔 책들과 책만큼 좋아하던 LP판들이 빽빽이 꽂아져 있고 고운 선율을 들려주는 오디오가 진열되어 있는 멋진 방이다. 그 공간에서 환상을 지닌 채 음악을 듣고 책을 읽으며 사랑하는 연인을 그리며 잠이 들곤 했다. 돌이켜 보면, 그 당시에 가장 많은 책을 읽고, 가장 많은 글을 썼다.

그러나 비밀 공간 밖에 진열해둔 책들이 가끔 사라지는 일이 있었다. 오랜 세월 한 권 한 권 손때와 마음을 심은 책들인데 '책 도둑은 도둑이 아니다.'란 말처럼 다니러 온 친구나 다른 이들이 말없이, 아무런 의식도 없이 들고 가 버린 것이다. 지금 같아서는 전화를 해서라도 돌려받을 수 있으련만, 그땐 혼자서 끙끙 앓기만 했다. 또 말을 하고 빌려간 책들 또한 돌려받은 적이 별로 없다. 참으로 안타까운 일이었다.

결혼을 하고 보니 나의 책들 옆으로 다른 책들이 나란히 줄을 섰다. 두근거리는 가슴을 지그시 누르며 '행복이 이런 것이구나!' 생각했다. 주로 시집과 문학 서적이 대부분을 차지하던 책과는 두

께부터가 다른 사상 서적과 노동 서적. 또 한 가지 이방인처럼 내 눈에 들어온 것은 『서도대전(書道大典)』이라는 사전을 비롯한 많은 서예 책들이었다. 결혼 전 그는 1년이 넘도록 붓글씨로 매일같이 편지를 보내오곤 했었다. 그 정성에 결혼까지 하게 된 것인지도 모를 일이다.

그동안 내가 읽고 느꼈던 것은 편식하는 아이마냥 바른 독서가 아니었음을 알게 되었다. 결혼을 함으로써 나의 시야는 더 넓어졌고 호기심으로 책장 앞에서 많은 시간을 보내게 되었다.

몇 번씩이나 이사를 하면서도 책이 버겁다는 생각은 들지 않았다. 재산 목록 1호마냥 제일 먼저 챙기곤 했다. 그런데 요즘 들어 집안의 벽이란 벽을 다 장식하고 있는 책들을 바라보면서 이 책들이 무슨 의미가 있을까 하는 생각이 들곤 한다.

이사할 때마다 늘 함께였지만 다시 꺼내어 읽은 일은 별로 없었다. 매일같이 읽을 책들이 많이 쏟아져 나오는데 옛날 책을 꺼내어 읽을 여유가 생기지 않았다.

그러면서도 이 책들을 가까이에 두려는 것은 왜일까. 어쩜 그 시절, 그 추억이 그리운 까닭이리라. 나를 따뜻하게 감싸주며 살아 있음을 절실히 느끼게 해 주던 그 시절, 글을 쓰며 밤을 꼬박 새우면서도 힘든 줄 모르고 낮에는 아이들을 가르치고, 밤이면 다시금 새 삶을 꿈꾸던 날들…… 그 사랑의 열병을 다시금 앓고 싶다.

요즘은 인터넷 세상이라고 한다. 예전 같으면 단어 한 개 찾는 데도 사전이 필요했지만 지금은 클릭 한 번으로 더 쉽고 빠르게 찾아진다. 이곳저곳을 다니며 발품을 팔지 않아도 다양한 읽을거리를 대할 수 있다. 글쓰기에 있어서도 관련되는 글을 쉽게 여러 편을 읽을 수 있어 좋다. 그래서 점점 책을 읽는 인구가 줄어든다지만 소나기가 죽죽 내리는 날 여유로운 마음으로 서점을 서성이며 책을 읽어본 이들은 알리라. 책이 주는 평화를. 독서의 묘미를. 계산을 마치고 서점을 나서 친구에게 향하는 발걸음이 가볍다.

수수꽃다리

박선희

변치 않겠다는 맹세도
내려놓지 않겠다는 다짐도 없으련만
어디로부터 오는 걸까, 저 눈부심은

보랏빛 꽃등으로 세상이 밝다
죽은 듯 말라 있던 나뭇가지,
잿빛 하늘 우러르던 그때도
가지 끝에 오늘을 감추고 있었을까

메마른 등걸로 견디어 온 날들
수수꽃다리 지고 나면 봄도 가네
아, 꽃등불로 피고 싶어라

제2부
유년의 소리

소식

박선희

늦은 밤입니다
창을 열고 앞산을 향해 서 봅니다
봄밤은 소리가 없습니다
창밖은 어둠 속에서 숨을 고르고
난 한숨을 보탭니다
어디
마음 풀어놓을 길 없나 살피는데
묵음으로 답하는 어둠을 봅니다
'기다리라고'
'곧 소식이 올 거라고'
생떼 쓰는 아이마냥
버티어 봅니다만
이내
창을 닫고 돌아섭니다
그리움이 목까지 차올라
오늘밤도
꿈길까지 따라옵니다

약속

낯선 길이다. 해가 져 어둠에 묻힌 좁은 국도를 표지판에만 의지한 채 가는 길이다. 한참을 달려도 가야 할 곳이 나타나지 않았다. 다시 한 번 표지판을 보며 따라 나갔지만 귀신에 홀린 듯이 같은 자리만 맴돌고 있었다. 달려 왔던 길을 더듬어 돌아 가보니 방향지시 표지판이 반대쪽으로 돌아가 있는 것이 아닌가. 표지판도 하나의 약속이다. 그것을 믿고 달린 마음이 배신감으로 툴툴거렸다.

나는 약속을 잘 하지 않는다. 반드시 지켜야 한다는 생각 때문이다. 여유로운 마음으로 약속을 대할 수도 있을 텐데 그러하지 못하는 것은 오래전에 입은 상처 때문인지도 모른다.

목발에 의지하며 걸어야 하는 내게 넓은 대학 캠퍼스를 오가며 수업을 받아야 하는 일은 고역이었다. 수업시간이 연속으로 있을 때는 늘 지각이었다. 한 수업을 마치고 다음 수업장소까지 가기 위해 부지런히 움직여도 10분씩은 늦기 마련이다. 조용한 교실 문을 열고 들어서기가 무섭게 일제히 던져지던 시선, 나는 그 시선 속에 묶여서 어찌할 바 몰랐다. 학교를 다니는 이상 그만둘 수 없었던 그 일은 나로 하여금 약속에 대해 강박관념을 갖도록 만들었다.

누군가를 만나기로 한 날에는 행여 늦지나 않을까 노심초사, 안절부절 못하면서 일찍부터 서두른다. 그런 이유에서일까. 약속장소에 도착해보면 매번 내가 먼저 와 있다. 그 덕분에 약속시간을 잘 지키는 사람으로 인정을 받지만, 시간의 노예가 되어 끌려 다니는 것 같아서 마음이 편치 않다. 시간을 멀리 잡은 약속이라도 있을라치면 기다리다 지쳐서 만나기도 전에 아파버리고 만다. 이제는 놓여나고 싶다.

신호등 앞에서의 일이다. 막 주황색에서 빨간색으로 바뀌는 순간이었다. 급정거를 했다. 뒤따라오던 차는 멈추지 못하고 느닷없이 서 버린 내 차와 충돌하고 말았다. 약속은 어찌하든 지켜야 한다는 생각이 빚은 일이었다.

표지판과의 약속, 시간의 약속, 신호등과의 약속 등 많은 약속 중에서도 보이지도 나무라는 이도 없는 약속이 나 자신과의 약속이다. 당장 드러나게 길을 헤매지도 교통사고를 일으키는 일도 없지만 다른 어떤 것만큼이나 중요한 약속이다. 자신을 제어함으로써 오는 희열이 가장 큰 행복이란 말처럼, 자신과의 약속을 지킴으로써 오는 삶의 활력은 큰 힘이 된다. 그러나 지키지 못함으로써 오는 아픔 또한 그에 못지않기에 타인과의 약속뿐만 아니라 나와의 약속도 쉬이 하지 않는다.

이런 나의 속내를 알게 된 친구는 한 마디 한다.

"약속이란 좀 더 나은 날들을 위한 거야. 혹여 지켜지지 못할 약속에 대한 염려 때문에 약속 자체를 원치 않는다는 것은 미래를 설계하지 않는 것과 같아."

약속에 대한 새로운 시각을 갖도록 약속으로부터 자유로우면서도 약속을 지킬 수 있다면 얼마나 좋을까. 약속을 겁내지 말고 약속이 주는 아름다운 삶을 생각하고 싶다.

만남

만남은 또 다른 삶의 시작이다.

이 세상에 태어나던 날 나의 첫 호흡은 부모님과의 만남이었다. 딸이 귀한 집안에 기쁨을 안기는 경사로움을 주는 만남이었다. 그러나 돌이 채 되기도 전에 내겐 또 다른 만남이 기다리고 있었다. 소아마비! 나의 첫 시련의 만남이었다. 고열로 시작된 우리의 만남은 급기야 야만신을 클러지에 의지하며 살아가도록 하였다. 어쩜 만남은 이처럼 삶에 변화를 주며 늘 새롭게 살아가도록 하는 보이지 않는 신의 섭리인지도 모른다.

초등학교 2학년 때의 일이다. 학교가 파하고 집에 가기 위해 현관 옆 기둥에 기댄 채 가지 않는 시간을 탓하며 엄마를 기다리고 있는데, 어디선가 아름다운 소리가 들렸다. 마술에 걸린 사람처럼 소리에 이끌려 다가간 곳에선 선생님이 오르간을 누르고 계셨다.

아름다운 선율을 만들고 계신 선생님과의 만남, 그것이 지금까지 내가 음악을 좋아하고 피아노와 함께 생활을 할 수 있게 해준 만남의 시작이었다. 지금도 어둑어둑해질 저녁 무렵을 좋아하며 그 시간쯤이면 음악이 듣고 싶어진다. 그것은 내 어린 시절 선생님의 우수에 젖은 얼굴과 눈물을 글썽이게 했던 굽은 어깨 너머로 들려왔던 그 아름다운 음악 때문이지 않을까.

대학 1학년 때 운명적인 만남이 있었다. 그는 수사학을 집필한 교수로 노익장의 몸으로도 열정적인 삶을 살고 계셨다. 천방지축인 내게 손을 내밀어 글의 세계로 인도해주셨다. 한 번 쓴 글을 일고여덟 번씩 고쳐 쓰게 했으며 밤을 꼬박 새워 글을 쓰면서도 즐거울 수 있는 기쁨을 가르쳐 주셨다.

잠시라도 안일해질 틈을 주지 않았던 그는, 여행을 다니는 곳곳에서 엽서를 보내곤 하셨다. 1983년 〈심상〉지 주최 백일장에서 시 부문 장원을 하고 그를 찾았다. 그러나 뇌출혈로 쓰러지셨던 그는 병석에서 나를 알아보지 못한 채 홀연히 딴 세상으로 떠나가셨다.

다른 만남을 준비하러 가는 길 앞에서 잡고 있던 손을 놓쳐버린 아이처럼 나는 어쩔 줄 몰라 했다. 나를 위해 있어왔던 모든 것들이 부질없는 몸짓으로 다가와 어설픈 쇼펜하우어가 되어가고 있었다.

그렇게 지내던 어느 날, 창호에 어리는 그림자처럼 어렴풋이 지난 기억들을 싣고 꿈속에 그가 나를 찾아왔다. 비록 꿈이었지만 그와의 만남은 새로운 힘으로 다시 글을 쓰게 해주었다. 그는 내

가슴속 깊은 곳에 지금도 남아 나를 비추어주고 있다.

진실한 만남에는 이별이 없다. 그를 만나고부터 오늘에 이르기까지 끊임없이 글을 쓰고자 하며 살아왔다. 그러면서도 글이 잘되지 않거나 써야 할 이유로 잠시 망설일 때마다 그가 해준 말이 살아난다. "단테는 베아트리체를 일생에 두 번 만났지만 그것으로 수많은 사랑의 시를 썼고 불후의 명작 『신곡』을 남겼다."는.

북적이는 사람들 속에서, 끊임없는 사건들 속에서 때때로 벗어나고 싶은 때가 있다. 그럴 때면 나도 모르게 "어디 산에라도 들어가고 싶어."라고 말하곤 한다. 그러는 나를 보고 '아무도 없는 별에선 / 그대도 나도 살 수 없다' 라는 도종환 님의 시를 인용하며 "사람들을 벗어나서는 아무도 살 수가 없다."고 남편은 말한다.

살아가다 보면 좋은 만남이 있는가 하면 싫은 만남도 있다. 싫든 좋든 오늘도 우리는 만남 속에서 살아간다. 오늘 내게 허락된 만남이 어떤 것이든 그 만남을 소중히 여기며 감사하고 싶다. 만남은 언제나 새로운 자기를 발견하게 하는 기회이다. 그 만남이 늘 '맛남' 이길 소원해 본다. 뚝배기 속의 보글거리는 맛남도 좋겠고 동치미 속의 시원한 맛남도 좋으리라.

자동세차

　자동세차장에 갔다. 연일 계속되던 황사현상 탓일까. 더럽혀진 차들이 길게 줄지어 서 있다. 기다란 줄 꽁무니에 서서 몇 분을 기다리지 않아 한 대씩 깔끔해져 나오는 차를 본다. ‘세차를 하듯 누적된 피로도 말끔하게 씻길 수는 없을까?’ 실없는 생각에 잠겨 있는데 금세 내 차례가 되었다.

　앞에서 신호하는 대로 차를 선로에 맞추고 기어를 중립에 놓고 안테나를 내린 채 조금은 두려운 마음으로 앉아 있다. 잠시 후, 요란한 기계소리에 이어 사방으로부터 뿜어져 나오는 세찬 물세례를 받은 차는 흙탕물을 흘러내리며 서서히 앞으로 움직인다.

　살아온 세월 동안 내게 씌워진 먼지들을 쏟아지는 물로 저렇게 씻을 수 있다면…….

나 스스로를 보호하며 지켜가는 자존심 하나를 생명처럼 여기며 살아온 날들, 다른 이들에게 피해 주지 않으며 살고자 했음에도 알게 모르게 아픔을 주고, 또 받으며 살아진 날들이다. 갯벌처럼 모두 다 드러내어 놓고도 부끄럽지 않은 삶을 살고자 했지만 살아갈수록 내 삶을 햇살 아래 내놓고 싶어지지 않으니 어쩌랴.

물세례를 맞고 싶은 간절함 속으로 삐– 하는 소리와 함께 녹색 불이 켜진다. 세차장에서 차를 빼낸 후 점점이 남은 물기를 닦는다. 청량해진 느낌이다. 그런데 자세히 보니 차는 여기저기 흠집 투성이다.

골목에 주차해 두었을 때 누군가의 울분으로 깊게 그어진 상처에서부터 후진이 미흡할 때 생긴 긁힘 자국과 미처 피하지 못한 접촉으로 움푹 들어간 곳 등등 알게 모르게 생긴 흔적들이 고스란히 남겨져 있다.

묻어버리고 지낼 땐 몰랐던 것이 세차를 하고 나니 겉모습은 말끔해졌지만 흠집은 오히려 더 잘 드러난다. 10년이 넘도록 같이한 차도 그 주인만큼이나 많은 상처를 안고 있었다. 얼마 전 우연히 보게 된 '상처 없는 새는 없다.' 라는 글이 생각난다.

상처를 입은 독수리들이 벼랑으로 몰려들기 시작했다. 날기 시험에서 낙방한 독수리, 짝으로부터 버림당한 독수리, 힘센 독수리로부터 할큄 당한 독수리 등. 그들은 세상에서 자신들만큼 상처가 많은 독수리는 없을 거라고 생각했다. 그들은 사는 것이 죽느니만 못하다는 데 의견을 일치했다. 이때 망루에서 파수를 보던 독수리 중 영웅이 내려와서 이들 앞에 섰다.

“왜 자살하려고 하느냐?”

“괴로워서요. 차라리 죽어 버리는 게 낫겠어요.”

영웅독수리가 말했다.

“나는 어떤가? 이 몸을 봐라.”

영웅독수리가 날개를 펴자 여기저기 빗금 쳐진 상처가 나타났다.

“이건 날기 시험 때 솔가지에 찢겨 생긴 것이고, 이건 나보다 힘센 독수리가 할퀸 자국이다. 그러나 이것은 겉에 드러난 것에 불과하다. 마음의 빗금 자국은 헤아릴 수도 없다.”

영웅독수리가 조용히 말했다.

“일어나 날자꾸나. 상처 없는 새들이란 이 세상에 나자마자 죽은 새들이다. 살아가는 우리 가운데 상처 없는 새가 어디 있으랴!”

지울 수 없는 흠집을 안고 살아가지만 하루하루의 그 마음의 빗금자국이 오늘의 나를 있게 한 것이 아닐까. 지닌 상처는 살아 온 역사가 되어 함께 가는 것이다. 액셀러레이터에 힘이 간다. 세차된 차바퀴가 산뜻한 바람을 일으킨다.

오고 가는

딸아이의 생일날이다.

평상시보다 조금 일찍 일어나 미역국을 끓이는데 전화벨이 울렸다. 좀처럼 이른 아침에 전화가 오는 일이 없었기에 덜컹하며 가슴이 내려앉았다. 혹시 시골에 혼자 계신 시어머니께 무슨 일이 생긴 것이 아닐까. 모시고 살지 못하는 일이 마음속에 불안함으로 남아 있었나 보다.

"엄마가 돌아가셨어." 슬프다기보다는 오히려 담담해 보이는 친구의 목소리가 전선을 타고 왔다. 서둘러 영안실로 갔다. 친구는 마흔이 넘도록 중풍으로 쓰러지신 어머니를 돌보며 지냈다. 죽음은 남은 자의 몫인 듯 웃고 있는 어머니 사진 앞의 그는 떨어진 꽃잎 같다. 꽃 피는 봄날에 편안하게 가셨으니 호상이라 한다.

사람들은 그에게 이제 결혼도 하고 여행도 다니라는 위로의 말을 한다. 그러나 많고 많은 힘든 일 속에서도 지금껏 그가 어머니를 보살피며 산 것이 아니라 오히려 의지하며 살아왔다는 것을 나는 안다. 저렇게 담담한 듯 보여도 앞으로 어떻게 살아갈지 자못 걱정이 된다.

내가 결혼을 해서 남편을 따라 낯선 부천으로 왔을 때 학창시절을 함께한 그가 이곳에 살고 있다는 것만으로도 많은 의지가 되었다. 학원을 경영하는 친구는 마주 앉아 차 한잔 마실 여유도 없이 퇴근하기가 바쁘게 집으로 향했다. 그러고는 사람들을 좋아하는 어머니를 위해 집으로 나를 불렀다. 학교에 다니며 가끔 뵐 때의 어머니는 늘 쪽진 머리에 환한 웃음으로 우리를 맞아주시곤 했는데, 중풍으로 거동을 할 수 없으신데도 갈 때마다 예전 웃음으로 반기셨다. 어머니와 이야기도 하고 손톱도 깎아 드리며 함께 시간을 보내곤 했다.

시간이 흘러도 병원에 마련된 상가에는 사람들이 별로 없어 썰렁한 기운이 돌았다. 여느 상가처럼 화투판도 없고 술을 마시는 남정네들도 드물었다. 자연스레 아들이란 존재를 생각하게 되었다. 그는 딸만 넷인 가운데 막내딸이다. 아픈 어머니를 모시고 결혼할 시기도 접은 채 그동안 어머니와 함께 살아왔다.

하루에도 수없이 많은 생명들이 태어나고 죽는다. 태어나고 죽는다는 것은 동전의 앞뒷면과 같을 텐데 우린 애써 그것을 들여다보지 않을 뿐이다. 십여 년 전 오늘 아침에 태어난 딸아이는 울며 왔어도 신비감에 휩싸인 채 웃음과 희망이라는 선물을 주며 이 세상에 왔다. 그러나 죽음은, 떠나가는 자는 웃으며 갔을지라도 울음을 남겨 놓고 간다. 누구나 이 세상을 원해서 왔거나 또 원해서 떠나가는 것은 아니다. 다만 우주의 순환 이치로 거쳐야 할 통과의례 같은 것은 아닐지.

늦은 저녁 다행스럽게도 소식을 전해들은 친구들이 하나둘 모여들었다. 멀리 진도에서, 울산에서, 이리에서……. 소식을 듣자마자 달려와 준 친구들이 내 일처럼 고마워 눈시울이 붉어진다.

상가는 조금씩 술렁이기 시작하고 여기저기 가벼운 웃음소리까지 들려온다. 마치 떠나신 어머님의 마지막 선물인 듯 20년이 넘도록 보지 못했던 친구들이 속속들이 찾아왔다. 우리는 이런저런 이야기를 나누며 밤을 새운다.

이른 새벽 한 줄기 바람에도 쓰러질 것 같은 그는 상복을 감싸안고 구겨진 모습으로 빈소 귀퉁이에 기대어 잠이 들었다. 그 모습이 안쓰러워 행여 깰세라 우리는 목소리를 낮추었다.

요즘 주위에서 죽음을 자주 보게 된다. 오고 가는 것은 예정되어 있거나 멀리 있는 것이 아니다. 갑자기 시골에 계신 부모님 생각이 간절해진다. 자주 찾아뵙지 못했다는 미안함이 그리움으로 다가와 나도 모르게 전화기를 잡아당긴다. 전화기를 든다 말고 시계를 본다. 아직 동이 트려면 얼마간의 시간이 남아 있다.

부천의 봄

지금 창 밖에는 봄꽃 향연이 한창이다.

부천의 봄은 꽃 축제와 함께 시작한다. 성주산 복숭아꽃 축제, 도당산 벚꽃 축제, 원미산 진달래꽃 축제, 장미 대축제……. 꽃 축제가 봄에서 여름까지 계속해서 도시를 꽃내음으로 수놓을 것이다.

예전에 소사읍이라 불렸으며 복숭아 산지로 유명했다는 부천, 내가 처음 이곳으로 왔을 땐 정 붙일 곳 없는 삭막한 도시 같은 인상을 주었다. 문화시설도, 도서관도, 하다못해 마음 가는 음식점마저도 쉬이 찾을 수 없었다. 부천에서의 생활은 오랫동안 낯설었다.

이리저리 방황해봤으나 가뭄 맞은 들녘처럼 갈증만 더해졌다. 사막 한가운데에서 길 잃고 헤매는 모습이 싫어 내 안에 갇혀 살기 시작했다.

그러던 어느 날, 코끝을 간질이는 향기에 이끌려 밖으로 나섰다. 원미산에는 막 피어나기 시작한 아카시아 꽃들이 흰 눈을 맞은 모습으로 달콤한 향기를 내뿜고 있었다. 향기에 민감한 몸과 마음은 비로소 열리기 시작했다. 신혼살림을 시작한 곳은 원미산 아랫동네였다. 꼭꼭 닫아 건 문들을 열어젖히고 심호흡을 했다. 그러곤 저녁나절이면 무심코 발길이 그곳으로 향했다.

마음의 여유가 생긴 탓일까. 어느 날 또 하나의 선물이 주어졌다. 원미산 아래에서 바라보는 노을이다. 어린 시절 저수지 둑에 걸터앉아 바라보던 노을, 어머니 같은 손길로 어루만져 주던 노을이 친근함과 반가운 마음으로 다가왔다. 붉고 아름답게 주변을 물들이는 노을과의 황홀한 만남, 비록 금세 소멸해가며 쓸쓸함을 안겨 주지만 자주 접할 수 없었던 고향들녘이 되어 내게 위안을 주곤 했다.

그 사이 두 아이가 태어나 어엿한 일가를 이루는 부천의 한 일원으로 뿌리를 내리기 시작했다. 작으나마 내가 해야 할 일들도 찾았으며, 내가 할 수 있고 해야만 할 일이 글 쓰는 일이라는 것도 알게 되었다

낯설게 느껴져 왔던 도시, 많은 시간이 흐른 지금은 문화의 도시, 음악의 도시, 문학의 도시로 하루가 다르게 변모해가고 있다. 복사골 예술제와 필하모니 오케스트라를 비롯해, 만화정보센터와 국제 판타스틱 영화제까지, 부천의 오늘은 여기저기에서 꽃봉오리 터트리는 봄날이다.

열일곱 개의 초에 불을 붙인다. 생일을 맞은 첫아이의 웃음과 힘찬 박수가 화사한 봄 동산에 푸른 생명력을 더한다.

감자를 보며

"감자요, 감자가 왔어요."

골목길 한쪽에 작은 트럭을 대놓고, 확성기 소리는 귀를 따갑게 사람들을 불러 모으고 있다. 웅성웅성 모여드는 사람들 틈에서 얼떨결에 감자 한 박스를 샀다. 다음날 시골에서 택배가 왔다. 감자였다. 감자를 늘 봉지로 몇 개씩 사다 먹었던 나는, 갑자기 감자 부자가 되었다. 좋은 것도 잠시, 기껏해야 며칠에 한두 개를 머을 뿐인 감자를 좁은 베란다에 쌓아두고 있자니 신경이 쓰여 마음이 편치 않았다. '저러다 썩어 버리는 건 아닐까. 싹이 나오면 어쩌지…….'

마침 냉장고에 공간이 비어 있어 채워 넣고, 나머지는 김치 냉장고 반을 비워 그곳에 넣어 놓았다. 그제야 마음이 편해지고 걱정 없이 오래오래 먹을 수 있을 것 같아 뿌듯해졌다. 그리고 잊을 만하면 몇 개씩 꺼내어 먹곤 했다.

며칠 전, 카레라이스를 하기 위해 감자를 꺼냈다. 매끈하게 생긴 감자를 깎아서 반으로 잘랐는데, 아니 이게 웬일인가. 속이 텅 빈 채 검게 썩어 있는 게 아닌가. 다시 몇 개를 잘라 보았으나 마찬가지로 겉은 멀쩡한데 속은 썩고 비어 있었다. 가득 찬 곳간을 도둑맞은 기분이 들었다. 두고두고 먹으려던 욕심에 반기를 들듯 대부분의 것들이 그 모양이 되어 있었다.

시골에 계신 어머니께 물었다. 감자는 냉장고에 보관하는 것이 아니라 하신다. 결혼한 지 20년이 가까워오는데 그런 것도 몰랐다니. 살림에는 젬병이었음이 탄로 났다. 싹은 밖으로 나오려 하는데 차가운 공기 때문에 밖으로 향해야 할 열기가 안에서 앓다가 속이 빈다는 것이다. 얼마나 속앓이를 하며 애를 태웠으면 저리 되었을까.

오래 두고두고 사랑하며 살자던 사람이 있었다. 그때마다 사랑이 언제 변할지 모르는데 그 먼 미래를 약속하느냐며 반박했지만 이미 내 안의 간절함은 그를 깊이 품고 있었다.

그 사람, 함께할 때는 사소하게 지나치곤 했던 것들도 헤어져야 할 이유가 필요할 땐 작은 것도 큰 것이 되었다. 그저 지나가는 감정싸움이려니 했는데 어느 날 갑자기 소리 없는 메아리처럼 내게서 멀어져갔다. 함께할 땐 몰랐는데 눈을 뜨는 순간부터, 아니 꿈속에서 마저 온통 그에 대한 생각만 날 뿐 아무런 일도 할 수 없었다. 급기야 건강에 이상이 생기기 시작했다. 음식만 들어가면 속이 뒤틀리며 아파왔고, 커다란 돌이 가슴을 누르고 있는 듯 답답해 계속 큰 숨을 들이켜야만 했다. 한의사는 가슴 속에 화가 가득하다고 했으며 의사는 신경이 너무 약해져 있다고 편한 마음으로 취미생활을 해 보라고 권했다.

아무 소리도 위로가 되지 않았다. 느닷없이 벌떡벌떡 일어나기도 하고 꺽꺽 소리 내어 울기도 하며 모로 누워 꼼짝도 하지 못한 채 아침을 맞곤 했다. 보여줄 수도 드러낼 수도 없는 속앓이를 했다.

냉장고 속 감자를 보니 그토록 아팠던 내 속을 다시 보는 것 같아 겁이 난다. 지금 난 그 아픔으로부터 자유로워졌을까. 서둘러 냉장고 속 감자들을 꺼내어 넓은 바구니에 담아 서늘한 베란다에 내어 놓는다. 물끄러미 감자가 나를 보고 있다.

나의 어머니

택배가 왔다.

더위 탓인지 식욕 없는 밥상을 차리는데 시골에서 라면상자가 올라왔다. 풀어보지 않아도 상자 속에서 김치가 알맞게 익은 냄새로 코끝을 자극한다. 가닥김치를 척척 밥 위에 올려 먹을 생각으로 침이 고여 온다.

나의 어머니! 고향인 안동에서 태어나서 일본에서 유년을 보내고 19살의 나이로 시집을 오신 분. 슬하에 오남 일녀를 두시고 정이 이북으로 달아났다며 놀리는 아버지 뒤를 그림자처럼 따라다니시는 어머니! 다리 펴고 편히 지내자는 아버지의 만류에도 아랑곳하지 않고 소녀 같은 마음으로 운전면허를 따고 싶어 하는 어머니.

학교에 갔다 오면 늘 친구처럼 함께 침대에 누워 이야기꽃을 피

윘으며 동생들이 가끔 종아리를 맞았지만 씻고 나면(어머니는 혼을 내시고 반드시 씻으라고 하셨다.) 맛있는 간식이 기다렸다. 배를 깔고 만화책을 보면서 킥킥거리고, 고교야구를 응원하면서 함께 신나하시던 마음 좋은 친구였다. 슬픈 모습을 한 얼굴을 한 번도 보여준 적이 없는 어머니를 우리 형제들은 아주 좋아했다.

딸이 귀한 집에 시집 오셔서 나를 낳아 집안의 경사를 치르더니 1년 후 발병한 나의 소아마비로 참으로 힘든 세월을 사신 어머니. 어릴 적 나는 어머니께서 나로 인해 힘드신 줄을 몰랐다.

고등학교 시험을 보고 얼마간 주어진 공백 기간에 우연히 옷장 속에서 발견하게 된 어머니의 일기장. 처음에는 호기심으로 들추어보았는데 어느 순간부터 주룩주룩 눈물을 흘리며 읽게 되었다. 그 속에는 지금까지 한 번도 눈물을 보이지 않으셨던 어머니의 고뇌와 아픔의 흔적들이 고스란히 그려져 있었다. 정치에 관여하시는 아버지와 아픈 딸 사이에서 당신이 짊어져야 할 짐이 너무 버거워 몇 번이고 살아온 흔적을 지우기 위해 옷가지를 태우는 불꽃놀이를 하셨던 어머니.

어머니

안으로
안으로 차오르기 염원해 온
반평생
절뚝이는 아이

목숨 되어 다가와

번번이

불꽃놀이를 하고 마는가

끊길 듯

이어지는

자식 몫으로 사는

평생

찬란하여라

눈물로 번지는 불꽃이여

결혼을 하게 되었을 때 제일 좋아하신 분이 어머니셨다.

선배다 친구다 결혼식에 불려 다니며 축가를 쳐주는 내게, 하루
는 그런 것 그만했으면 좋겠다던 어머니. 아무런 생각 없이 축하
하는 마음으로 행하던 나는 어머니의 그 말씀을 듣고, 결혼할 생
각은 하지 않고 남의 결혼 축가나 쳐주고 다니는 서른이 넘은 딸
을 바라보시는 어머니의 마음을 읽을 수 있었다.

애당초 결혼에 대해서 관심을 접은 나였지만 어머니께 커다란
근심을 드리고 있음을 알고는 결혼을 해야겠다는 생각이 들었다.
이런 변화를 기다리기나 한 듯 한 사람을 만났고, 서른한 살에 결
혼을 하게 되었다. 결혼을 하고는 보란 듯이 살아가는 걸 보여드
리고 싶어서 참으로 열심히 살았다.

어느 날, 딸집을 다니러 오신 어머니는 손녀 둘이서 의자에 고무줄을 묶어놓고 놀이하는 것을 바라보시다 말고 말씀하셨다.

"나는 네가 이렇게 잘 살고 있어서 기쁘다. 예전엔 저 고무줄놀이 하는 앞을 한 번도 지나지 못하고 먼 길로 돌아서 가곤 했는데……."

순간 냉기 같은 전율이 온몸을 스쳤다. 어머니를 안고 엉엉 소리 내어 울 뻔했다. 다행히 딸아이가 달려와 할머니 품으로 안겼지만. 가슴속에선 뜨거운 것이 흘러내리는 아픔을 느꼈다.

그날 밤, 잠든 어머니의 방문을 닫아드리고 인고의 세월을 더듬어 보며 감히 따를 수 없는 사랑의 깊이를 헤아리며 뜬눈으로 밤새 얼마나 울었던가. 마음 속 깊이 몇 번이고 사랑하는 어머니를 외쳐 불렀다. 그러나 말로 표현하지는 못했다. 어머니의 마음을 눈빛과 표정에서 읽을 수 있듯 어머니 또한 당신의 사랑을 양분 삼아 살아가는 딸을 알고 계시리라 믿는다.

사랑은 받아 온 사람만이 베풀 줄 안다는 말처럼 난 앞으로 참으로 많은 사랑을 베풀며 살아야 함을 느낀다.

옥수숫대

몇 해 전의 일이다. 회사 사정으로 여름이 막바지 열기를 뿜어내는 때에서야 늦은 휴가를 받았다. 아이들을 앞세워 어머님이 혼자 사시는 시댁으로 향했다.

비스듬히 기대어 놓은 사립문을 밀고 마당으로 들어섰다. 겨우 한 사람이 지나갈 수 있는 길만을 남긴 채, 양쪽으로 붉은 고추가 주렁주렁 매달려 있고 마당 가득 갖가지 꽃들이 환하게 피어 있다. 좁은 곳에서도 꽃을 키우시는 어머님의 따뜻함이 긴 시간 피로했던 마음을 포근하게 감싸왔다. 어느새 달려가 할머니에게 매달린 두 녀석들이 열매처럼 흔들린다.

못 올 줄 알았던 막내아들 내외가 아이들을 데리고 온다는 연락에 한 소쿠리 옥수수를 따다 껍질을 벗기고 계셨던 모양인지 툇마루 아래에 껍질이 수북하다.

"아이고, 내 새끼들, 니들 기다리다 강냉이가 다 쇠 버렸지 뭐냐."

옥수수를 심어 두고 하루가 다르게 익어가는 모습을 바라보며 쉬이 오지 않는 손녀들을 애타게 기다렸을 어머님의 마음이 말 속에서 묻어난다.

"슈거를 넣고 쪄야 맛있제."

어느새 한 솥 가득 옥수수를 쪄내시는 어머님의 얼굴이, 모락모락 피어오르는 김 속에서 볼그족족한 저녁놀 같다. 우리는 사랑으로 알알이 응축된 옥수수를 맛있게 먹으며 함께 드시자 했지만 어머님은 바라보는 것만으로도 배부르다고 하신다. 변변한 논밭 한 뙈기 없으신 분이 이 옥수수들을 어디에다 키우신 것일까?

옥수숫대는 의외로 타고난 뿌리가 약하고 부실하다. 그러나 생명의 힘은 신비롭다. 옥수숫대를 가만히 살펴보면 밑 부분에서 굵은 흰 뿌리가 아래로 자라난다. 그 뿌리는 물건을 잡는 손아귀 모양으로 땅을 파고들며 튼튼하게 옥수숫대를 지탱시켜 준다.

해질녘, 어머님은 아이들을 데리고 좁은 논둑길을 걸어 천변으로 오르시고 우린 말없이 그 뒤를 따랐다

"와! 옥수수다!"

몇 발자국 앞서 간 아이들의 탄성이 들린다. 저녁 산책이려니 했는데 어머님은 보여주고 싶은 것이 있었던가 보다.

남편이 어릴 때 물놀이하며 놀았다던 하천이 오랫동안 방치해 둔 탓일까, 물의 흐름이 멎어 버려진 하천이 되어 있었다. 어머님

은 주인 없는 천변의 내리막 한쪽을 가꾸셨던 모양이다. 무성하게 자라난 풀들을 쳐내고 가지런히 손질된 곳은 일 나갔다 돌아온 엄마 손에 이끌려 말끔하게 씻긴 아이의 얼굴 같다.

"요것 좀 봐라, 마치 옥수수가 아기를 업은 것 같네. 할아버지 수염도 있구."

아이들에게 이것저것 가리키며 일러 주시는 어머님의 목소리에 신바람이 일렁인다. 천변 텃밭에는 옥수수뿐만 아니라 여러 종류의 농작물들이 저녁노을 속에서 물들고 있었다. 모두 손수 가꾸신 것들인가 보다. 넓은 잎에 살짝 가린 누런 호박, 붉은 고추, 깻잎, 앙증스럽게 달린 푸른 토마토, 삐쭉삐쭉 솟은 생강, 감자, 가지…….

어머님은 이 생명들과 막막한 기다림의 시간들을 풀어내셨던가 보다. 막내아들이 세 살 때 남편을 잃으시고 육남매의 어린 자식들을 혼자의 힘으로 튼튼한 옥수숫대를 키워내듯 기르셨을 어머님. 자식들이 함께 살자고 하지만 한사코 거절하신다.

다섯 가구밖에 남아 있지 않은, 불편한 것 투성인 곳에 머물고자 하는 것은 무엇 때문일까. 자라고 쓰러지는 생명들 속에서 한평생 시름을 달래려고 하는 것일까. 힘들게 살아오신 한(恨)이 곳곳에 묻어 있는 탓인지도 모르겠다. 자식들을 모두 도회지로 보내고 빈 가슴으로 사시는 어머님의 외로움이, 복잡한 도시에 살지만 떨칠 수 없었던 나의 외로움이 되어 온몸을 타고 흐른다. 먼 산으로 시선을 두어 보지만 눈물이 맺혀 온다.

"이것 다 할머니 거야?"

"그래, 너 주랴?"

앞서 걷는 어머님과 아이들의 모습이 눈물에 어려 반짝이는 별처럼 보인다.

말보다 눈물이 먼저

눈물이 헤픈 나는 간혹 곤혹스러울 때가 있다.

큰아이가 초등학교에 들어가고 얼마 되지 않아서 담임선생님에게서 연락이 왔다. 새로운 환경에 잘 적응하지 못하고 학교 가길 싫어하는 아이를 위해 한번 찾아뵙고 싶었던 참인데 선생님이 먼저 부르셨다.

수업이 끝날 시간에 맞추어 학교로 갔다. 그런데 선생님의 얼굴을 보는 순간 왈칵 솟구친 눈물, 멈추고 싶은 마음에도 아랑곳하지 않고 끝내는 어깨까지 들썩이며 울고 말았다. 결국 선생님 앞에서 한 마디 말도 못하고 실컷 울다가 돌아서는 격이 되었다. 아이의 심약한 마음에 생각이 미치자 후덕해 보이는 선생님 앞에서 눈물이 먼저 흘렀나 보다.

느닷없는 눈물로 대화를 할 수 없어 대신 전화로 이야길 나누었지만, 자신에게 얼마나 속이 상했는지 모른다. '다음부턴 절대 이런 실수는 하지 말아야지.' 하고 마음을 먹는다. 그러나 야맹조처럼 또 다른 상황이 오면 매한가지로 울고 후회하곤 한다.

히말라야 산에 '야맹조'라는 새가 살고 있다. 그 새의 특징은 자신의 둥지가 없는 것이다. 이 새는 낮이면 실컷 놀기만 하다가 밤이면 남의 둥지에 슬쩍 들어간다. 둥지 안의 새들이 쪼아대면 눈물을 흘리면서 '내일이면 나도 집을 지으리라. 해가 뜨면 나도 집을 지으리라.' 하고 구슬피 운다.

그러나 아침이 밝아오면 그 일은 까맣게 잊고 햇살 아래서 놀기에 급급하다 다시 밤이 오면 추위와 새들의 쪼아댐 속에서 다시 결심을 반복한다. 그러나 그 새는 결국 집을 짓지 못했다고 한다. 내가 마흔이 넘은 지금도 말보다 눈물을 먼저 흘리는 버릇을 못 버리고 사니 야맹조와 다를 바가 무엇이랴.

막내가 태어나던 때의 일이다. 마취가 풀리고 회복실에서 나온 내게 "건강한 딸입니다." 하는 말을 듣고 나는 펑펑 많이도 울었다. 축하해주기 위해 기다리던 친정 동생과 엄마는 "딸이면 어때." 하고 위로를 했다. 첫째에 이어 둘째도 딸을 낳아서 우는 줄 알았던 모양이다.

그 후 몇 달 사이에 딸을 소원하던 동생은 또 아들을 낳았다. 축하해주는 내게 "누나! 나하고 하나 바꾸자. 섧게 울던데." 하는 것이다. 그 당시 내가 왜 울었는지 아무런 설명을 하지 않은 탓에, 아니 물어보지도 않고 지레짐작한 탓에 오늘날까지 심심찮은 놀림이 되고 있다.

'딸' 이라는 말보다 '건강한' 이라는 말에 움직인 마음이었다. 소아마비로 불편한 나의 몸을 빌려 열 달 동안 고이고이 자라 이 세상의 아름다운 빛을 볼 수 있게 되었다는 사실이 나를 울렸다. 혹 이상은 없을까, 노심초사하던 걱정과 불안이 '건강한' 이라는 한마디에 눈물로 녹아 내렸던 것을 누가 알 수 있었으랴.

그런데 참으로 이상한 것은 커다란 사건 앞에서는 눈물방울조차 맺히지 않는다. 남편의 실수로 가압류 통고가 날아온 적이 있었다. 여차하면 길바닥으로 온 식구가 나앉아야 할 판인데도 전혀 눈물이 나지 않았다. 나의 영역 밖인 듯 먹먹하기만 했다.

사람이 들을 수 있는 소리의 범위는 진동수가 16~20,000Hz라고 한다. 이 주파수보다 더 높은 소리나 낮은 소리는 들을 수 없다고 한다. 눈물이 흐르는 것에도 감정의 높낮이를 울려주는 데 알맞은 마음의 파장이 있는 것일까. 지나치면 소리도 들리지 않듯, 큰 일 앞에서는 눈물도 만들어지지 않나 보다. 작은 일에서 유독 쉬이 눈물이 흐르는 나의 감정지수는 얼마나 될까.

눈물이 말보다 앞서 흐르는 것도 유전이 될까. 맏딸 현지가 흘리는 눈물을 보면 '나를 닮은 건 아닐까' 하는 생각이 든다. 어떤 일에 있어 상황설명보다 먼저 눈물을 흘려서 보는 이를 답답하게 한다. 자그마한 일에도 쉽게 우는 아이, 텔레비전을 보다가도 울고, 내가 써 놓은 글을 보다가도 눈시울을 적시는 아이, 모전여전인가.

영국의 다이애나 비가 교통사고로 세상을 떠났을 때 온 국민의 반응은 대단했다. 조문객이 끊이지 않았을 뿐만 아니라 영국은 온통 눈물바다가 되었다. 그때 정신병이나 심리치료를 받기 위한 사람의 수가 현저하게 줄었다는 통계가 발표되었다. 눈물을 흘리는 것이 정신 건강에 좋다는 것을 증명한 셈이다. 눈물을 흘리는 일은 스트레스를 해소해주고 마음을 편안하게 해주는 역할을 한다.

내게 눈물은 무엇일까. 마흔이 넘은 지금까지도 시도 때도 없이, 나의 의지와는 상관없이 말보다 먼저 흐르는 눈물. 나약한 정신을 지켜주기 위한 신의 배려쯤으로 여기고 싶다.

열린 마음

외출을 하려고 엘리베이터 버튼을 눌렀다. 고층에서 내려온 엘리베이터 속은 청소 중이었는지 플라스틱 통에 밀대가 꽂혀 있고 바닥은 온통 물투성이다. 조심스럽게 타고 내렸지만 마음이 편치 않다. 평소 정갈하던 연세 지긋한 분의 모습이 떠올랐기 때문이다.

잠깐의 일을 마치고 돌아와 보니 현관엔 예의 그 물통과 밀대가 놓여 있을 뿐, 사람은 보이지 않는다. 한참 동안 떠나지 못한 채 서 있었다. 조금 후에 나타난 50대 중반으로 보이는 아주머니는 연신 무어라고 투덜거리며 물이 줄줄 흐르는 밀대를 밀어댔다.

'무슨 일일까?'

늘 웃는 얼굴로 따스함을 보여주던 분이 보이지 않는다. 그분은 깨끗한 모습만큼이나 정갈하게 청소를 하였다. 오고 가며 눈인사를 주고받다가 요즘에 들어서야 말을 건네는 사이가 되었다.

"안녕하세요. 힘드시죠? 얼굴이 참 고와 보이시네요."

시간에 쫓기며 외출을 할 때도 그분과 마주치고 나면 왠지 느긋한 마음이 되곤 하였다. 남들이 하기 싫어하는 궂은일을 하고 보수를 받는 일일지라도 즐거운 마음으로 하는 것과 어쩔 수 없이 하는 것과는 많은 차이가 있다.

잠시 동안만 대신 일을 맡아 하는 것이 아니었던지 그 후로도, 얼굴을 찌푸린 채 구시렁거리며 물통을 들고 서 있는 아주머니의 모습이 자주 눈에 띄었다. 왠지 마주치고 싶지 않은 얼굴이다. 자신이 하는 일에 즐거움을 가지고 일하기가 그리도 어려운 것일까.

며칠 전에 만난 친구는 태평양을 건너가 겪은 이민 초기의 이야기를 했다. 한국에서 중견 미술가로 대학 강단에 있던 그는, 낯선 땅에서의 생활이 몹시 힘들었다고 한다. 단 몇 불의 수입을 위해 남의 집 잔디를 깎고 울타리에 칠을 하는 페인트공의 일을 했다. 지붕 위에 올라가 일을 할 때 고국 쪽에서 날아오는 비행기만 보아도 눈물이 핑 돌아 넋을 놓고 있곤 했다고. 자신이 하는 일에 즐거움을 느끼지 못하고 필요에 의해서 하는 일이라 하루하루가 버겁기만 했다고 한다.

그러던 어느 날 나무 자르는 일을 하기 위하여 장거리를 달리다 사고가 났다. 죽음을 면할 수는 있었지만 그 후 그에게는 커다란 변화가 왔다. 앞으로 남은 시간은 자신에게 덤으로 주어진 것이라는 생각이 들어 아무리 사소한 일일지라도 감사의 조건이 되었다고 한다.

그동안 잠시 접었던 일을 시작하려고 한다. 사십이 훌쩍 넘어버린 지금에 와서 일을 한다는 것이 쉬운 일은 아닐 것이다. 새로 온 청소부 아주머니처럼 나도 마지못해 일을 하는 사람이 될까 걱정이 된다. 힘이 들어 찌푸릴 일이 생길지라도 정갈하고 따스한 그분처럼, 이민을 간 친구처럼 즐겁게 마음의 문을 활짝 열 수 있을까.

부엌 창

　오늘도 좁은 부엌 창으로 세상을 본다. 안에서 바라보는 창 밖에는 밝은 빛이, 아름다운 노을이, 희망찬 내일이 있다. 나도 이런 창이고 싶다.

　졸린 몸짓으로 일어나 제일 먼저 부엌으로 가 창을 연다. 좁은 창을 통해 달려드는 아침 공기, 기다렸다는 듯이 얼굴로 와락 부딪쳐 오며 인사를 한다.

　"좋은 아침!"

　화들짝 잠을 깨며 하루를 시작한다.

　아침의 짧은 시간 속에서 부산하게 시작한 아이들과 남편이 현관을 나서면 나는 쪼르르 다시 부엌 창 앞으로 다가가 작은 키를 세우며 밖으로 시선을 보낸다. 잠시 후 무거운 가방을 맨 딸아이의 모습이 보인다. 좁은 창밖으로 손을 내어 흔들어 보인다.

되받아 손을 흔들며 씽긋 웃는 아이의 얼굴이 보이지 않게 되면 먼 하늘가에 눈길을 준다. 안개에 젖어 있던 어제와는 달리 오늘의 하늘은 맑다. 그 아래의 높고 낮은 건물들도 활기찬 아침을 맞고 있는 듯 햇살에 빛나고 있다.

내가 사는 곳은 21층의 높다란 건물이 우뚝우뚝 솟아 있는 아파트단지의 4층이다. 다행히도 부엌 창 앞으론 시원스레 시야가 터져 있다. 가까이 아파트 앞 도로에서부터 멀리 시가지의 건물들과 그 사이사이에서 푸른빛을 흔드는 일렁임까지 볼 수 있다.

나는 이곳 창을 통해 4년째 밖과 교감을 주고받으며 지내고 있다. 뒤돌아 앞 베란다의 넓은 유리창을 통하면 편히 많은 것을 보고 느낄 수 있으련만, 왜 이 좁은 부엌 창이 나를 끌어 당겨 머물게 하는지 모를 일이다.

하지만 이곳은 내게 밖을 향한 꿈의 통로이다. 외출이 금지된 것도 아닌데 오히려 이곳을 통해서 많은 생각을 하고 즐거움을 얻는다. 현관을 통해 집을 나서 온종일 돌아다니다가 결국 현관문을 통해 들어오면서도 정작 느낄 수 없었던 것들을 이 창을 통해 얻는다. 밖을 향한 끝없는 동경으로 끝없이 탈출을 꿈꾸게 한다.

결혼을 하고 아는 이 없는 도시로 남편을 따라 왔을 때 마치 창살 없는 감옥에 있는 느낌으로 그날그날 견디기 힘들었다. 그때의 창은 구속의 창이었다. 그러나 몸 하나 빠져나가지 못할 만한 부엌 창이 지금은 내게 새로운 세계를 준다. 푸른 하늘을 가슴 가득 안겨 주기도 하고, 이른 아침 운동을 마치고 들어서는 노부부의 다정한 모습을 보여 주기도 하며, 등교하는 아이들의 뒷모습을 보며 더 많은 사랑을 다짐하게도 한다. 창 밖 풍경은 크게 변함이 없는데 왜 그때는 지금처럼 느낄 수 없었을까.

한낮의 적요함을 안고 창으로 다가선다. 뜨거운 햇살 속에서 새들이 날고 있다. 포롱포롱 날갯짓이 무료함 속에 울린 전화기 속의 반가운 음성처럼 상쾌한 리듬감을 안고서 마음 안으로 들어선다. 한참을 그들이 노니는 모습을 바라보다 보니 나도 모르는 사이에 콧노래를 흥얼거리고 있다. 집안은 물먹은 화초가 되어 생기가 돈다.

얼마 전 우연히 만나 이야길 나누게 된 M이 생각난다. 7~8년 전 같은 동네에서 살았던 그는 이런저런 이야기 끝에 요즘 심한 우울증으로 정신과 치료중이라고 했다. 부산한 아침, 썰물처럼 식구들이 빠져나가고 나면 넓은 집안은 무덤 속 같단다. 처음엔 이것저것 일을 찾아 쓸고 닦고 했더니 반짝거리는 집이 되어 좋더니만 시간이 지날수록 그것은 위로가 되지 못했다.

자주 7층 베란다에서 밖을 향해 서 있곤 했다. 어느 순간부턴지 자꾸만 베란다에서 뛰어 내리고 싶은 충동에 시달리기 시작하였나고. 여느 사람늘저럼 밖에서 할 일을 찾든지 친구들이라도 만날 수 있었으면 좋으련만 성격이 그러하지 못했다.

결국 남편의 권유로 정신과 치료를 받게 되기까지 마음고생이 심했던 모양이다. 어떻게 하면 그에게 밖을 향한 새로운 창을 열어 줄 수 있을까 안타까운 마음이었다.

집에서 그리 멀지 않은 절에서 저녁예불 종소리가 울린다. 나도 저녁 준비를 위해 부엌으로 향한다.

아! 창이 불타고 있다. 붉음을 토해 낸 저녁 해가 온통 하늘을 물들이며 또 다른 세상을 만들어 주고 있다. 고호의 그림 속 햇빛보다 더 찬란하다. 그러면서도 눈부시지 않는 부드러움과 편안함을 주는 아름다운 저녁 풍경화이다. 이럴 때 창은 잠시 그리운 것들이 반추되어 돌아오는 곳이 된다. 그러곤 추억 속에 잠기게 한다. 지독히도 가슴 아리게 했던 친구를 실은 비행기가 떠나가던 서녘하늘이다.

늦은 밤, 밖과 의사소통이 시작되는 곳이요, 그리운 먼 기억들과 꿈들에게 말을 건넬 수 있는 곳이며, 독백을 해도 낯설지 않은 곳의 창을 닫는다. 그러면 냉큼 내 모습이 창 안에 있다. 어두운 밖과 투명한 유리가 거울이 되어 나를 비춘 것이다. 잠자리에 들기 전에 한 번 더 자신을 돌아보라는 신호처럼 무언의 인사를 한다. 나도 무언으로 대답하고 돌아선다. 좁은 창을 통해 아침을 맞고 저녁을 감사하며 살겠노라고.

부엌 창을 닮고 싶다. 비록 좁은 창이지만 그곳을 통해 아름다움을 생각할 수 있는, 아름다운 모습을 보여 줄 수 있는 꿈의 통로가 되고 싶다. 어쩜 이것이 넓은 거실의 창보다 좁은 부엌 창으로 나를 이끄는 까닭인지도 모른다. 내 아이들이 내가 살아온 삶을 통해 더 넓고 아름다운 세상을 볼 수 있다면 더 이상 무엇을 바라겠는가. 그러기 위해 오늘의 나는 무엇을 해야 하나. 잠시 묵상에 잠겨 본다.

옷

"엄마, 왜 치마만 입어, 공주병?"

현관을 들어서는 내게 아이가 묻는다.

"으응, 바지가 없어서."

장난스럽게 대답을 하고 돌아서다 말고 문득 바지가 입고 싶어진다.

사람이 처음 옷을 입기 시작한 것은 언제부터였을까? 어쩜 에덴동산에서 아담과 이브가 선악과를 따먹고 쫓겨난 때부터이지 않을까. 자유에 대한 죗값인 셈인데, 지금의 우린 어떤가. 개성에 맞게, 풍습에 따라, 유행을 만들며, 바지, 치마, 배꼽 티 등등 이름도 색상도 다양한 옷들이 거리를 수놓고 있다.

참으로 다양한 옷 중에서 나는 유독 통 원피스만 입어왔다. 옷은 유행에 민감하기 때문에 내가 원하는 옷을 구하기는 쉽지 않다. 그래서 결혼 전에는 양품점에서 맞추어 입었다. 아마 대학을 졸업하고부터인 것 같다.

나의 체형에 맞도록 편안한 옷이길 바라며 열심히 종이에 옷 그림을 그렸다. 그림에는 영 소질이 없었지만 내가 그린 종이 그림을 바탕으로, 양품점 아가씨는 사람 좋은 미소를 띠며 정성껏 만들어 주었다. 그 뒤로도 같은 모양에 색상만 다른 여러 벌의 옷을 맞추어 입곤 했다.

십몇 년이 지난 지금도 몇 벌이 옷장 한 구석자리를 차지한 채 걸려 있다. 가끔 사고 싶은 옷을 찾지 못하고 지친 채 집으로 올 때면, 옷장 문을 열어 놓고 물끄러미 그 옷들을 바라본다. 옷장 속에는 대부분 선뜻 손이 가지 않는 옷들이 침묵하고 있다.

해마다 옷을 사는 것 같은데 계절이 바뀔 때면 입을 만한 옷이 없다. 유행을 타는 것은 아니지만, 예전처럼 한꺼번에 여러 벌을 사기가 쉽지 않아 한 번 사면 그 옷을 입고 또 입으니 계절이 다시 오면 옷 타령을 하게 되기 마련이다.

바지만 입었을 때도 이유가 있었을 텐데 어떤 이유로 통 원피스가 아니면 안 된다는 생각을 했을까?

통 원피스를 고집하는 이유는 때때로 남을 의식하며 살아야 하는 만큼 나의 결점을 보완하여 주는 마법사와 같은 역할을 하기 때문이다. 통 넓은 옷을 입으면 불균형을 이루는 신체상의 결점이 자연스럽게 균형 잡힌 몸으로 보여 많은 시선에서 자유로울 수 있다. 다행히 크지 않은 얼굴이 가세하여 사람들은 옷을 크고 넓게

입는 모습을 개성쯤으로 보아준다.

결혼하고 1년 후 아이를 낳았을 때 주변 사람들은 임신한 사실을 몰랐다고 놀라워하였다. 어쩜 그렇게도 표가 나지 않을 수 있었느냐는 것이다. 항상 세로 줄무늬 원피스나 갈색 계열의 통 원피스를 입고 수업을 하거나 시장을 오고 갔었기에 특별히 관찰을 하지 않는 한 그럴 만도 한 일이었다. 덕분에 한참 동안은 그 사실이 아이를 보기 위해 오는 사람들에게 얘깃거리가 되었다. 그러나 때때로 나의 이런 차림이 불편할 때도 있다.

첫 아이의 운동회 날이었다. 새벽부터 서둘러 도시락을 준비하고, 정성 들여 화장을 하고 집을 나섰다. 그런데 학교 교문을 들어서기까지는 느끼지 못했던 것이 한순간 다가오는 것이 아닌가.

시골 장터 같은 수선함으로 무리지어 서 있는 사람들 속에서 나의 모습은 이방인이었다. 너나없이 간편한 복장에 운동화 차림인데 나의 모습은 갓 손질된 마(麻) 원피스에 윤이 나는 구두를 신고 있었던 것이다.

그러나 이방인 같은 불편한 마음보다는 비록 달리거나 뛰지는 못해도 함께이고 싶은 마음이 간절하였으므로, 지금도 그때와 같은 복장으로 야유회도 가고 체육대회에도 간다.

어느 날 길거리에서 동창을 만났다. 친구 대뜸 한마디 했다.

"얘, 너 분위기 있어졌구나!"

내심 흐뭇해하는 내게 그는 돌아서며 한마디 보탠다.

"너 밝은 색상의 옷도 잘 어울렸는데……."

그러고 보니 밝고 환하던 색상이 나도 모르는 사이에 점점 무채

색으로 바뀌어 가고 있었나 보다. 학창시절 사진 속의 나는 항상 바지를 입고 비스듬히 서거나 앉아서 웃고 있었다. 그 당시 연한 코발트나 밝은 미색 계열의 아래위가 같은 색상의 옷을 입고 다녔다. 자신감으로 의기투합하여 목이 하늘 밖을 거닐던 그때가 그립기도 하다.

나 자신을 알아간다는 것은 그만큼 자신감을 잃어간다는 말도 되겠지만 겸손을 의미할 수도 있다. 나밖에 모르며 앞으로만 나아가던 시절과 지금의 모습은 옷의 색상으로도 알 수 있는 것 같다. 겸손과 수용하는 자세로 살고 싶다.

사라지는 것은

 겨울 산을 본다. 앙상한 나무들이 묵묵히 하늘바라기를 하고 있다. 사라져 간다는 것은 새롭게 태어나기 위해 순례의 길을 떠나는 것이 아닐까?

 며칠 전 함께 글공부를 하는 문우의 집에 갔다. 그곳엔 계절보다 앞서 성큼 봄이 와 있었다. 아파트 14층에 위치한 그의 집, 커다란 통유리 베란다에선 100여 송이의 봄꽃들이 여러 표정으로 활짝 웃고 있었다. 이 꽃들이 피어나기까지의 숨은 노력이 보이는 것 같아 저려오는 가슴을 누르며 얼른 집안으로 눈길을 돌렸다.

 붓글씨로 써 놓은 액자들이 고운 뜻을 안고 걸려 있다. 외과의사인 남편을 떠나보내고 10여 년 세월 동안 세 아이들과 살아온 문우, 이번에 졸업을 맞은 아들이 취직되었다며 환하게 웃는 모습이 그 어떤 꽃보다 아름답다. 오랜 인내 속에서 꽃 피운 동백 같다. 그 모습을 보며 순례의 길을 떠났던 겨울이 봄의 모습으로 돌아온 건 아닐까 하는 생각을 해 본다.

새벽녘, 흩어진 생각들을 모으려고 차를 몰았다. 다다른 곳엔 어둠이 채 가시지 않은 갯벌이 안개에 묻혀 있다. 키 큰 갈대들 사이사이 흙무더기를 쌓아 놓은 모습이 일정한 간격을 두고 놓여 있다.

갯벌에 살짝 한발을 내딛어 본다. 생각과는 달리 바닥은 탄탄하다. 쓸쓸한 풍경화 속의 한 점이 되어 들어가 보니 흙무더기 같이 보이던 것은 소금창고였다. 염전이 성행했을 당시를 보여주듯 많은 소금창고들이 바람 속에 버려지듯 놓여 있다.

소금창고는 단 한 번의 재채기에도 쓰러질 듯 허름한 자세로 서 있다. 커다란 기둥을 중심으로 소금을 퍼 올려놓았을 실내엔 마루가 깔려 있고, 숭숭 뚫어서 하늘을 심심찮게 보여주고 있는 지붕과 덜렁이는 문짝들은 제구실을 잊은 지 오래된 모습이다.

소금이 금의 가치를 누렸을 한때, 화려함으로 위풍당당하게 많은 사람들 앞에 군림했을 모습이 떠오른다. 그들은 한때의 소명을 마치고 지금 어디에서 어떤 모습으로 다시 존재하고 있을까? 그 허름한 모습에서 지난날을 미루어 짐작하니 마음이 짠해진다. 오늘날에 와 사양길에 접어든 염전사업은 이토록 적적한 모습이 되어 시간의 흐름 속에 놓여 있는데…… 칠순을 바라보는 고향집 아버지의 모습이 스쳐 지나간다.

오남 일녀라는 튼튼한 과육을 위한 꽃을 달고 많은 사람들의 눈길 속에서 최상의 부러움으로 풍성함을 누리시던 아버지. 시대의 풍랑 속에서, 시간의 흐름 속에서 자연의 순리에 따라 과육을 떨어뜨리고 겨울을 준비하는 모습이 떠올라 가슴을 적신다.

아침 해가 떠오르고 여기저기 수북수북 쌓인 사금파리들이 햇살을 되받아 반짝임으로 튕겨 오른다. 한 떼의 새들이 어디에 있었던지 일제히 날아오른다. 햇살 속에 환히 몸을 드러낸 염전은 쇠잔한 염기를 날리며 무엇으로 다시 태어나려 하는 것일까.

오늘은 아름다운 소품이 되어 나의 무딘 감성을 깨우고 있으니 내 안에서 다시 풍요로운 상상으로 태어나려 하는가. 사라짐의 폐허 속에서 나는 마른 논이 물줄기를 만나 젖어들듯 서서히 차오르는 가슴이 되어간다. 사라진다는 것은 슬픈 일이지만 그 슬픔은 다시 태어나기 위한 밑거름이지 않을까.

유년의 소리

얼마 전 이사를 했다. 창밖에 오래된 은행나무가 있는 단독 2층 집이다. 한동안 안정되지 못한 채 잠을 이룰 수가 없었다. 낯선 공간 탓도 있었지만 문제는 소음이었다.

아이들에게 큰 방을 내어 주고 부엌 옆에 붙은 작은 방을 쓰기로 했다. 그런데 카센터를 겸한 세차장이 창밖을 둘러싸고 있어서 밤낮으로 시끄러웠다. 마치 소음을 생산하는 공장 같았다. 깨끗해지기 위해 소음이 필요하다니……. 급기야 아이들은 머리가 아프다고 호소해왔고, 온종일 집안에 있는 나는 건드리면 금세 터져버리는 봉숭아 씨앗 같이 팽팽하게 긴장되어 있었다.

처음 집을 보러 왔을 때 다른 곳에 비해 싼 이유도 있었지만 그보다 앞서 이 집을 선뜻 결정하게 된 것은 다른 이유에서였다. 부동산 아저씨를 따라 실내를 둘러 본 순간 "아! 빗소리가 잘 들리겠어요." 짧은 감탄이 새어 나왔다. 부동산 아저씨는 이런 나를 이상한 듯 바라보았다. 아파트의 편안함에 길들여져 살면서도 의식하지 못했을 뿐 삭막해진 마음이 늘 고향집 빗소리를 목말라 했던 모양이다.

오랜 세월 잊은 듯 지냈지만 빗소리는 가장 친한 내 유년의 소리였다. 어린 시절 내가 살던 집은 빨간 함석지붕이었다. 비가 내리는 날에 형제들은 흥분된 몸짓으로 밖으로 나가고 싶어 했다. 우산이 귀하던 때라 머뭇거리는 아이들에게 우산을 사줄 만치 넉넉하지 못했던 어머니는, "비 맞으면 키 큰단다."라며 부추겼다. 그러면 형제들은 즐거운 비명을 지르며 빗줄기가 되어 밖으로 행했다. 내 마음도 덩달아 뛰었다. 넓은 흙 마당을 누비는가 싶던 형제들은 금세 물길을 따라 뛰는 고기를 잡으러 사라졌다.

혼자 남은 나는 쪽마루 끝에 오롯이 앉아 함석지붕을 두드리는 빗방울 연주에 귀 기울인다. 그러곤 처마 끝에서 떨어지는 비가 흙을 파며 동그란 무늬를 만들다 작은 물줄기가 되어 흐르는 모양을 바라보곤 했다. 그도 시들해지면 딱히 올 사람도 없는 신작로를 바라보며 아득한 그리움에 젖어들기도 했다.

소아마비로 걷는 일이 부자연스럽던 내게 빗소리는 행복에 젖어들게 하는 음악이며 상상의 나래를 펴게 하는 특별한 놀이였다.

다 늦은 저녁, 후드득! 은행나무에 떨어지는 빗방울소리에 창을 열었다. 창밖 은행나무가 나의 눈길을 끌어 올린다. 고개를 한껏

젖혀야 끝 간 데가 보이는 은행나무는 빗속에서 푸른 잎을 달고 묵묵하다. 정신이 맑아져 온다. 빗소리는 잠들지 못해 마른 풀잎 같던 나를 일으켜 세워준다. 소음으로 꽁꽁 닫아 두었던 창들을 모두 활짝 열어 젖혔다. 논바닥 개구리 울음소리마냥 한꺼번에 쏟아져 들어 온 빗소리가 집안을 가득 메운다.

내 마음에 여유가 생긴 것일까. 시끄럽게 울려대던 소음이 잠시 멎은 사이로 세상의 모든 소리가 정지된 듯한 고요가 찾아든다. 힘겨운 삶 속에서 잠시 잠깐씩 느낄 수 있는 이 짧은 순간이 행복이 아닐까. 빗소리를 들으며 유년을 떠올릴 수 있게 하는 이 집이 나를 행복에 젖게 한다.

문학수업

매주 화요일은 수필 반에 가는 날이다.

일 년 전, 유난히 계절에 민감한 나는 다가오는 가을을 잘 견디기 위해 감성을 묶어 둘 그 무엇이 필요했다. 그래서 이리저리 기웃거리다 백화점 문화센터에서 운영하는 가을학기 수필 반에 등록하게 되었다.

처음 발을 들여놓을 때는 잠시 머물렀다 갈 생각이었는데 어느새 일 년이 지나 일상생활의 한 부분이 되었다.

오늘은 화요일, 날씨도 춥고 며칠 전 내린 눈이 얼어 길도 좋지 않다고 한다. 미끄러운 길에 차를 가지고 나가기엔 쉽지 않을 것 같다. 하루만 쉬지 뭐, 게으른 마음에 핑계거리가 고개를 내민다. 하지만 그런 생각은 잠시, 문을 나선다. 며칠째 실내에서만 지냈던 내게 얼굴을 감싸는 차가운 공기가 오히려 신선함을 준다.

택시를 타기 위해 길모퉁이에서 불안한 마음으로 한참을 서성거린다.

결혼을 하고 얼마 후 연년생인 두 아이와 목발을 짚은 나는 택시를 타려고 집 앞에서 애를 썼다. 그러나 택시들은 약속이나 한 것처럼 한결같이 우리 앞을 쌩쌩 지나쳐 갔다. 조금씩 앞으로 나아가며 택시를 잡으려던 우리는 어느새 목적지 가까이까지 가 있었다. 그 일이 있은 후 나는 운전을 배워 손쉽게 가고 싶은 곳은 차를 가지고 다닌다. 그때의 일이 나에겐 오히려 덕이 된 셈이다. 그러나 그날의 아픈 추억은 지금도 택시를 타려 할 때면 나를 불안하게 한다.

추운 날씨 탓인지 20여 분 후에야 택시를 탔다.

"어서 오세요."

따뜻한 말이 마음의 긴장을 누그러트려 주었다. 그러나 그것도 잠시, 나의 마음은 다시 불안해지기 시작하였다. 시선은 운전석 옆 시계만 바라본다. 여느 때 같았으면 넉넉했을 시간인데 택시를 타고 보니 수업시간이 촉박하였다.

그런 마음을 알 리 없는 기사의 운전 속도는 나의 속을 더욱 태웠다. 아주 느긋한 모양새로 천천히 양보할 것 다 하고. 신호는 왜 그리도 다 걸리는지. 흘러나오는 노래마저 졸린 박자였다. 어쩜 다른 상황에서 내가 이 차를 탔더라면 오히려 좋아했을지도 모르는 일인데 마음을 바꿔 본다.

쉰이 넘어 뵈는 기사는 비닐도 벗겨내지 않은 차 속을 둘러보는 내게 택시운전 시작한 지 열흘째라고 비밀을 얘기하듯 목소리 톤을 낮춘다. 그러면서 백화점에선 무얼 하느냐고 묻는다.

글을 쓰려고 문학 수업을 받고 있다는 대답을 하며 맘 좋아 보이는 기사의 보이지 않는 삶을 생각하다 극단을 운영해 오던 한 친구가 생각나 가슴 한쪽이 쓸쓸히 젖어온다. 젊음을 바쳐 심혈을 기울여 키워오던 꿈들이 몰아닥친 경제난으로 길가로 내몰리게 되었다. 재기의 꿈을 꾸기엔 너무 지친 탓일까, 매일같이 산을 오른다는 발걸음이 힘겨워 보였다.

교실에 도착해보니 10여 분이나 지나 있었다. 고개를 숙이고 살그머니 들어서는데 늦은 나를 반겨주는 선생님과 문우들의 눈길이 정겹다. 이 궂은 날씨에도 나를 이곳으로 오게 만든 힘이었음을 깨닫는 순간이다. 선생님의 강의를 들으며 아름다운 삶을 배우고, 뜻을 같이한 문우들의 모습에서 또 다른 나를 본다.

생각 같아서는 쉽게 써질 것 같은 이야기들이 머릿속만 맴돌 뿐 글이 되어 나오지 않는 밤, 쉬이 잠들지 못한 채 잡히지 않는 신기루를 쫓듯 허우적거리다가 노트를 덮어버린다. 그런데 신기하게도 일주일에 한 번 이곳을 다녀가면 풀리지 않아서 덮어둔 수수께끼가 풀릴 것 같고, 할 수 있다는 자신감과 글을 쓰고 싶다는 의욕이 꿈틀거린다.

오늘도 수업을 마치며 이 시간을 활력소로 일주일을 살아가리라는 기대감이 발걸음을 가볍게 한다.

내비게이션

박선희

처음 찾아가는 곳
낯선 길도 걱정 없다
어디서 오는 믿음인가
무조건 믿어서 오는 당당함
설사
잘못 길을 들지라도
무엇이 걱정이랴
금세 최단거리로 올라 탈 수 있으니

길을 간다
생애에 한 번뿐인 길
헉헉 숨이 찬다
오십 년을 가고 있어도 쉽지 않다
어찌해야
이 낯선 길 위에서
당당해질 수 있을까

제3부
나이가 주는 선물

다 이유가 있는 게지

박선희

오전 10시가 조금 넘은 시간
시계가 울기 시작한다
맴-앰 맴-앰
텅 빈 방에서 울기를 멈추지 않는다
스위치를 눌러 꺼버릴까 생각다가
그냥 두기로 한다
언제까지 울리랴
그러나
시계소리에 놀라 깨어난 책장 속 책들
마주하는 오르간, 깜박이는 컴퓨터 전원
다들 수런대기 시작하고
샤워를 하고
화장을 하고
외출을 위해 간단히 밥을 먹고
메일 한 통을 쓰는 동안에도
시계는 줄기차게 울어댄다
여름을 송두리째 흔들며 울어대는 매미다
시끄러움 견딜 수 없다가도
'저 애타는 소리에는 무엇이 있을 게야'
현관문을 열고
밖을 향한다

꽃

꽃을 떠올리면 잊었던 추억이 새벽안개처럼 아련히 피어오른다.

그림을 그리던 친구가 있었다. 어느 비 오는 날 길거리에서 샀다며 화분을 건네주었다. 플라스틱 화분엔 낮은 키에 푸른 잎을 단 나무가 심어져 있었다. 이름도 낯선 치자꽃나무였다.

새벽녘 코끝을 강하게 자극하는 향기에 잠이 깨었다. 향기가 나는 쪽으로 코를 발름거리며 따라가 보니 치자꽃나무에서였다. 밤새 솜사탕같이 하얀 꽃을 피워 올린 꽃의 향은 매우 진했다. 가까이하면 금세 멀미가 날 듯 어질어질하였다. 꽃은 피고 지고 피기를 거듭하며 행복함에 젖게 했다.

며칠 후, 그날도 비가 내리고 있었다. 음악에 젖어 기다리던 내게 달려온 듯 숨을 고르는 그가 물이 흐르는 검정 우산을 세운 채 쑥 내밀었다. 얼떨결에 받아 든 우산 속에는 한 아름 안개꽃이 들어 있었다. 하얀 면사포를 쓰고 식장을 들어서는 순결한 신부의 모습이 환영처럼 비쳤다. 그러나 치자 꽃향기가 다할 때쯤 짧았으나 오랫동안 기억에 남을 사랑을 키워준 친구는 말도 없이 나의 곁을 떠나갔다.

한땐 친구를 잃은 보상 심리에서랄까, 천경자 화백의 강렬한 이미지의 꽃을 좋아했다. 하지만 채워지지 않는 목마름은 쉬이 해결되지 않았다. 꽃가게 앞을 서성거려도 보았다. 그러나 도시 사람들의 꽃 사기가 화려함만을 추구하는 것 같아서 쇼윈도의 진열된 상품처럼 쓸쓸함으로 다가올 뿐이었다.

계절이 바뀔 때면 무슨 꽃을 좋아하느냐는 질문을 종종 받을 때가 있다. 언제부턴가 나는 잠시 망설이다가 후박 꽃, 아카시아 꽃, 등꽃이라고 말하고는 자그마하게 치자 꽃이라고 말한다. 사람들은 내게 '향기를 좋아하나 보죠' 한다. 어쩜 그런지도 모른다. 그리움의 향기를 향한 무의식적인 발로였으리라.

첫아이를 낳던 병원은 산 아래에 있었다. 제왕절개 수술이 끝나고 마취 상태의 혼미한 나를 깨운 것은 달콤한 아카시아 향기였다. 4월 말의 원미산은 아카시아 꽃향기를 산 아래로 내려 보내기 시작하는 때였다. 산모가 창을 열어 달라는 통에 애먹었다며 어머니는 눈살을 찌푸렸지만, 통증으로 꼼짝할 수 없던 병원에서의 며칠 동안 코끝을 간질이며 몸속을 적시는 향기로 나는 행복한 날들을 보냈다.

길을 걷다 보면 그리움에 젖어 그저 누군가에게 꽃을 건네고 싶은 마음이 들 때가 있다. 시장에서 꽃을 사는 것이 아니라 새벽 산 책길 담장 너머에 핀 꽃을 보고 마음을 얹어 건네주는 그런 사람들이 그립다.

며칠 전 구해온 치자 꽃 화분이 지금 막 흰 꽃을 피워 올리며 잊고 지냈던 그리움에 젖게 한다.

나는 이제 남은 날들을 어떤 향기로 살아갈까? 회색 빛 하늘 아래서 잠시 생각에 잠겨본다.

친구

을씨년스런 눈발에 쫓겨 집으로 왔다. 전선을 통해 낯선 여인의 목소리가 친구의 부음을 알렸다. 아득한 미궁 속으로 빨려 들어가는 듯한 착각으로 세차게 고개를 저어 본다. 지난 1월 1일에 그에게서 온 메일을 다시 열어본다.

"올 한 해도 할 수 있는 한 건강하길 바랄게."

건강을 걱정해주는 사람이 진정 사랑하는 사이라고 했던가. 나는 친구의 죽음을 믿을 수가 없다. 아니 믿겨지지가 않는다.

"너 살아 있지? 그렇지?"

생떼를 쓰는 아이마냥 자판을 두드려 전송해 본다. 메아리 없는 외침은 잠시 적막을 흔들며 '정말일까?' 하는 현실감을 준다.

전화를 받기 열흘 전이다. 고향을 향한 대이동이 시작되면 밀리는 차량을 감당할 것 같지 않아, 설보다 며칠 일찍 아이들을 데리고 고향으로 내려갔다.

설엔 친구도 시댁에 가야 하기 때문에 쉬이 만날 수가 없다. 그래서 내려간 다음 날 딸아이와 함께 케이크와 꽃을 들고 그를 찾아갔다. 그는 나의 고향에서 30분 거리인 전주에서 살고 있었다.

변함없는 포근한 웃음과 넉넉한 몸매로 우리를 맞는 그는, 마치 고향의 풍성한 가을 들녘 같았다. 딸아이는 2살 많은 그의 아들과 컴퓨터 게임에 몰두하고, 우리는 웅크린 가슴에 봄 햇살을 받듯 아련한 추억 속에서 시간을 보냈다. 저녁 노을을 안고 다음을 기약하며 헤어졌는데 그것이 우리의 마지막이 될 줄이야. 인간의 무지는 한 치 앞도 볼 수 없다.

그는 설을 보낸 다음날, 남편과 드라이브를 나갔다가 교통사고를 당했다고 한다. 살아 있다고 다 살아 있는 것이 아니다. 언제, 어떻게 될지 누가 알겠는가. 입버릇처럼 죽음은 두렵지 않다고 했던 말들이 어지럼증으로 다가온다.

예견된 죽음은 차라리 나으리라. 준비하고 정리하고 떠날 수 있으므로……

얼마 전 텔레비전에서 어떤 시인의 준비된 죽음을 본 일이 있다. 위암 말기인 그는 얼마 남지 않은 시간의 대부분을 같은 병을 앓고 있는 사람에게 용기를 주는 글을 쓰며 죽음을 맞는 모습을 보여 주었다. 죽음은 누구도 예외일 수 없는 일인데 나만은 아닌 것처럼 아옹다옹 사는 일이 참 쓸쓸해 보인다.

초등학교 교사인 그와는 고등학교 때 처음 알게 되었다. 그 당시엔 고등학교에 가려면 전기, 후기 시험을 보았는데 나는 전기 시험에서 떨어지고 말았다. 어깨를 나란히 하던 친구들과 헤어지고 후기 시험을 통해 간 곳이 미션 스쿨이었다. 적응하지 못하던 학교에서 유일한 탈출구는 학교 내에 있는 성당이었다. 시간만 나면 조용한 그곳으로 가서 기도를 하거나 오르간을 쳤다. 언제부턴지 내가 있는 곳에는 그림자처럼 그가 있다는 것을 알게 되었다. 우린 말없는 가운데 친구가 되었다. 종교 안에서, 오르간의 선율 안에서, 비 오는 날 우산 속에서.

일찍 결혼을 한 친구가 어느 날 밤에 혼자인 내게로 달려왔다. 함석지붕 위로 떨어지는 빗소리에 같이 울음을 섞으며 밤새 아픔을 얘기했다. 다음 날 그는 밝은 햇살처럼 맑은 웃음을 안고 돌아섰다. 우린 서로가 정신적인 위로와 의지가 되어 지냈다. 내가 결혼을 하고 자연스럽게 그의 가족과 나의 가족은 서로의 집을 오고 가며 정겨운 시간을 보냈다.

5년 전, 나의 결혼 생활은 커다란 위기를 맞았다. 연년생인 두 아이를 둔 우리 부부는 심한 갈등으로 헤어질 위기에 처해 있었다. 사마리아 여인에게 돌을 던질 수 있다는 자만으로 결함을 수용하지 못하고 법원을 오가던 그때, 조언과 질책을 아끼지 않았던 그. 나의 교만을 지적하며 여지없이 나무라던 그의 말은 부모 형제의 말보다 더 큰 효력을 주었다.

믿어지지 않고 믿고 싶지 않지만 달력에 표해 놓은 친구의 49제가 다가오고 있다. 그동안 남편은 두 번이나 휴가를 내어놓고 다녀오기를 권했지만 나는 가지 않았다. 확인하고 싶지 않았다. 멀리 있어도 항상 가까이 있다는 것을 느끼는 우리였기에 난 그가 이 세상을 떠났다는 것을 인정할 수 없다. 늘 그랬듯 그는 내 곁에 언제나 있다. 그러면서도 한밤중에 깨어서 꺽꺽 울음을 토하곤 한다.

처음 그녀의 부음 소식을 듣고 어이없게도 피실피실 웃음이 나왔다. 누군가 나를 놀리고 있다는 느낌인데 남편과 아이들은 조용히 숨죽여 나를 지켜보기만 했다.

사는 날까지 베풀며 살고 싶다던 그가 이 땅 가장 가까운 흙으로 지금은 돌아가 있다. 오늘은 그의 무덤에라도 가보고 싶다.

사진첩을 뒤적이며

초등학교 때 친구로부터 전화를 받았다. 그녀와는 얼마 전 우연히 한 모임에서 만나 소식을 주고받고 있었다. 그 주 토요일이 아버지의 칠순이어서 친구들을 불렀는데 오랜만에 고향친구들을 만날 겸 오라 한다. 반가웠다. 평소 길눈이 어두운 나는 서울 길에 익숙하지 않았기에 시간보다 서둘러 일찍 출발을 했다.

도착한 뷔페식당의 모습은 화려했다. 다소 어색하고 쑥스러운 몸짓으로 어디에 앉을까 여기저기 쭈뼛거리다가 초청한 친구의 손짓으로 옛 친구들과 함께 빙 둘러앉게 되었다. 마치 처음으로 미팅을 하는 자리 같았다.

우리는 어색한 표정으로 어렴풋이 떠오르는 이름과 기억을 꿰맞추며 대화를 시작하였다. 이야기가 시작되자마자 금세 어린 시

절로 돌아가 이야기꽃을 피웠다. 비록 그때의 모습을 쉽게 찾을
수 없으리만큼 변해 있었지만 그건 문제가 되지 않았다.

즐거운 마음을 안고 집으로 돌아온 나는, 먼지가 소복하게 쌓인
옛 사진첩 속에서 한 장의 사진을 찾았다. 흑백의 사진 속에는 여
섯 명의 친구들이 엉거주춤 앉고 선 모습으로 웃고 있었다. 그 모
습이 한없이 정겨워 보였다.

우리는 늘 함께 뭉쳐 다녔다. 학교 뒤 미루나무 아래서 다른 그
룹의 아이들과 말싸움할 때도, 학교가 끝나고 집으로 돌아갈 때
도, 한 아이가 청소로 늦어질 때도 우리는 기다렸다가 함께 움직
였다.

한번은 이런 일이 있었다. 모두들 친구 집에서 자겠다고 허락을
얻고 늦은 시간에 학교에서 만났다. 교실에서 함께 밤을 새기로
한 것이다. 비밀리에 큰일을 하는 양 은밀히 계획을 짰다. 촛불을
켜고 이야길 하며 킥킥 즐거움에 웃음을 참지 못했다.

결국 밤이 깊기도 전에 부모님에게 손목을 잡힌 채 끌려가야 했
다. 순찰을 도는 경비아저씨의 플래시 빛 속에 꼼짝없이 걸리고 말
았던 것이다. 그러고도 우리는 여전히 끈질기게 자주 뭉쳐 다녔다.

사진은 지난날의 한 순간을 보여주지만 말이나 글보다 더 많은
이야기를 간직하고 있다. 그래서 우리로 하여금 지난날을 추억하
며 그리움에 젖게 한다.

사진첩을 넘기다 보니 어머니의 어릴 적 사진과 나의 사진이 함
께 나란히 꽂혀 있는 것이 눈에 띄었다. 흰 칼라가 달린 검정 교복
을 입고 단발머리를 한 채 웃고 있는 어머니의 사진이다. 흑백사

진인데 얼굴의 볼만이 빨갛게 칠해져 있는 50년이나 지난 사진이다.

청순하고 재기 발랄한 사진 속의 소녀였던 어머니가 환갑을 훌쩍 넘긴 나이로 내 곁에서 돋보기를 쓴 채 신문을 읽고 있다. 흘금 어머니의 옆모습을 훔쳐보다 말고 그 옆의 사진 쪽으로 눈길이 갔다.

허리까지 머리를 길게 땋아 내린 채 글썽이는 눈을 하고 있는 내 모습이다. 사진을 찍던 그때가 어제 일인 듯 떠오른다. 중학교에 가기 위해 초등학교 내내 길렀던 머리를 잘라야 했다. 이 사진은 머리를 자르기 위해 간 미용실 옆에 있는 사진관에서 찍은 것이다. 긴 머리를 사진으로나마 남겨 두고 싶어 하셨던 어머니의 생각이었다. 어머니의 따스한 사랑을 떠오르게 한다.

어머니는 매일 아침 나의 머리를 정성스레 빗질하여 예쁘게 땋아 주시곤 흐뭇해하셨다. 그 손길이 참 좋았다. 나는 때때로 투덜대며 정성 들여 손질해 놓은 머리를 다시 해달라고 떼를 쓰곤 했다. 여섯 형제를 거느린 어머니는 늘 바빴기에 어머니를 좀 더 차지하고 싶은 마음에서였다. 그런 나의 마음을 아는지 모르는지 어머니는 내 머리에 물을 뿌려가며 다시금 정성스럽게 빗질을 해주셨다.

나의 아이들이 어릴 적 내 생각과 행동을 그대로 따라 하는 것을 보면서 살며시 미소를 지으며 빗질을 해 준다. 그러곤 어머니가 나의 투정 속 비밀을 알고 계셨던 것을 깨닫게 되었다. 사진은, 잠시 시간의 흐름을 멈추게 하여 활동사진을 보듯 그 시절을 펼쳐 보여 준다.

사진첩을 뒤적이는 내게 어머니가 "그 사진 참 잘 나왔구나." 하

신다. 배시시 웃고 있는 내 사진을 보시며 실물보다 더 잘 나왔다
는 것이다. 찍었던 사진을 찾아오면 듣곤 하던 말이다. 그 말을 들
을 때마다 변명을 늘어놓지만 싫지 않은 말이다. 시간이 흐르면
실물은 변하겠지만 사진은 그대로 있지 않던가. 그 시절을 추억
할 땐 밉게 나온 사진보다 잘 나온 사진이 더 낫지 않을까. 해서
간혹 이상하게 나온 사진은 행여 누가 볼세라 얼른 없애버리기도
한다. 그러곤 실물보다 잘 나온 사진처럼 좋은 일만 있었으면 하
고 생각한다.

　그러나 살아가는 일이 평탄하지만은 않은 것처럼 사진을 찍을
때마다 잘 나온 사진만이 내 모습은 아닐 것이다. 밉게 나온 사진
도 나의 한 모습이기에 내게 있는 모든 것을 사랑하고 싶다. 그리
하여 미래에 꺼내어 보는 사진 속에는 사랑으로 아름다워진 이야
기들이 가득 펼쳐지길 바란다.

사막의 선인장

서둘러 집으로 향하는 길이었다. 급회전을 하며 달리다 말고 혼자서 싱겁게 웃고 만다. 이사한 지가 한참 지났는데도 전에 살았던 집으로 향하고 있는 것이 아닌가. 오늘뿐만이 아니었다. 며칠 전에도 가는 비가 내리고 있는 날이었는데 그 집으로 달리고 있었다. 무엇이 있어서 무의식은 나를 그곳으로 향하게 하는 것일까.

내게 주어진 아픔은 꽃처럼 웃으면서도 많은 날들을 속울음을 안고 살아가도록 했다. 어느 날 갑자기 사표를 내고 직장을 나온 남편은 나날이 황폐해져갔다. 급기야 집안에 붉은 딱지가 붙고 하루에도 몇 차례씩 덩치 큰 사람들이 들이닥쳤다. 크리스마스라고 예외는 아니어서 아이들과 나는 문을 걸고 불을 끄고 숨을 죽이며 밤을 보내야 했다. 그럴 때마다 남편은 집에 없었다. 경제적인 압박도 힘든데 그는 믿음마저 주지 않았다.

속울음을 밖으로 쏟아내지도 못한 채 인내하며 기다렸다. 그러나 어느 날 내 모습은 사막의 선인장이 되어 있었다. 꽃이던 날들 속에서 차올랐던 수분이 다하고, 살아 있기 위해 부드러운 잎이 서서히 가시로 변하고 있었다. 손을 뻗는 주위 사람들에게조차 상처를 주는 가시가 온몸에 돋아나고 있었다. 그런 나를 부인해 보지만 내가 분명했다. 나는 나이고 싶었다.

야반도주를 하듯 몰래 짐을 싸서 부리나케 떠나 온 집, 뒤돌아보기도 싫을 만치 힘들게 살았던 곳이련만 나도 모르게 옛집으로 향하는 것은 오히려 그 아픔들이 나를 놓아주지 않는 걸까. 자유롭던 나를 묶어 침묵하게 했던 곳, 그곳을 떠나와 이젠 마냥 편할 줄 알았는데 가슴은 텅 빈 듯 허허로울 뿐 따스함이 없다.

장맛비 사이사이 햇살이 반갑듯 따뜻한 기억이 따라 나온다. 어느 해 추석쯤이었다. 많은 사람들이 고향으로 떠나느라 들떠 있었지만, 우리 가족은 거실에 빙 둘러앉아 송편을 빚었다. 남편은 열심히 반죽을 치대며 딸아이들에게 말한다.

"예쁜 송편을 빚으면 잘 생긴 신랑을 만난단다."

그 말에 아이들은, 금세 시집갈 아이들처럼 서로 예쁘게 만들겠다며 고부라졌다. 솔잎을 넣어서 송편을 쪄냈다. 먹으며 만들며 웃던 그날이……, 이불 하나로 가득해진 거실에 온 식구가 그 속에 들어가 눈만 빠끔히 내밀고 무서운 비디오를 보았던 그날이, 숨죽이며 서로를 부둥켜안고 소리를 지르며 함께했던 그날이, 눅눅해진 마음에 온기를 준다.

나는 아직 비를 기다리는 사막이다. 비는 숲이 우거진 밀림에 자주 내린다. 밀림은 물을 간직하고 있기 때문이다. 마른 바람 이는 나의 사막에 비가 내리게 하려면 무엇을 품고 있어야 할까.

집으로 돌아오는 차창 밖엔 한바탕 쏟아붓던 소나기가 지나가고 곳곳에 고통의 흔적처럼 웅덩이가 패여 있다. 저 흙탕물을 담은 웅덩이는 시간의 흐름 속에서 차츰 앙금을 가라앉히고 또 다른 세상을 투영하겠지. 빈 내 마음에도 하늘빛이 담기고, 구름도 머물고, 새들의 그림자도 지나가겠지.

3월

3월, 바람 부는 봄이다. 봄에 부는 바람은 방향을 가늠하기가 어렵지만 꽃과 열매를 위해서 꼭 필요한 섭리라는 말이 떠오른다.

큰딸 현지가 어린이에서 청소년의 대열에 들어선 지 20여 일이 지났다. 이는 중학교 입학식을 기준으로 내린 나의 시각이다.

입학식이 있던 날, 예년보다 조금 빠른 황사 바람이 유난히 심하게 불었다. 자주색 치마에 흰 와이셔츠를 입은 아이는 가지 끝에 매달려 잎도 없이 개화하려는 자목련 같았다. 입학식장을 향해 교정을 걸어가는 딸의 뒷모습을 보는 내 마음은, 첫 걸음마를 배우는 아이를 지켜보는 엄마의 마음이었다. 위태로운 듯 안쓰러움에 대견함이 보태어져 끝내 눈물샘이 열렸다. 달려가 한 번 더 안아 줄 수 있다면……. 허나 예쁘고 더없이 사랑스런 꽃망울이지만 바람 속에서 흔들리며 꽃을 피우려는 아이를 위해 소리 없이 한 줄기 햇살을 쥐어주듯 따스한 눈길을 안겨줄 뿐이다.

성급하게 활짝 핀 목련을 본다. 우아한 자태로 한껏 피어오른 모습이다. 아! 하는 탄성이 절로 나온다. 그러나 나는 활짝 핀 꽃을 좋아한다고 말하지 않는다. 이는 맘껏 핀 꽃이 빨리 져버릴까 봐 두려워서도 아니요, 남들이 말하듯이 은근슬쩍 감추는 맛이 덜하여서도 아니다. 이는 활짝 핀 모습을 채워주고 안아주기에는 내 가슴이 턱도 없이 작은 까닭이다. 도저히 나로서는 감당할 수 없기 때문이다.

봉긋거리는 꽃망울이 예쁘고 막 개화를 시작한 꽃을 좋아한다. 나도 그가 되어 같이 피어날 수 있기 때문이요, 내 작은 가슴으로도 품어줄 수 있기 때문이다. 그래서 나는 저무는 봄보다 시작되는 봄을 좋아한다.

햇살이 산허리를 넘어가는 저물녘에 집으로 들어서는 아이. 입술은 까칠해져 있고 발걸음은 지쳐 있다. 적응기라 한다. 3월 한 달은 족히 갈 텐데. 마음이 앞서는 길을 몸이 따르자니 힘이 들리라. 봉오리가 망울을 터트리기까지 꽃샘바람의 심술을 견디어 내야 하듯, 그래서 예쁜 꽃을 피울 수 있듯이 아이의 입술 위의 딱지가 가라앉아 떨어져 나가는 날, 예쁜 미소가 그려질 날을 기다리며 함께 걸어 주리라.

바람이 분다. 한쪽으로만 불지도 않고, 곱지도 않은 바람. 여느 때는 회오리를 동반하기도 하고, 사나운 단발마의 몸부림 같기도 하다. 거기에 황사현상까지. 그러나 얼마나 고마운 바람인가. 출발의 달에 축복의 바람이지 않느냐. 봄은 생명을 잉태하기 위해 이토록 바람을 풀어놓고 있다. 바람이 한쪽으로만 분다면 아니, 고요한 어느 가을 하늘처럼 바람이 잠을 잔다면 이 세상의 꽃들은 태어날 수 있을까. 바람이 봄에 꽃을 틔우게 하듯이 아이의 예쁜 삶을 위해 바람이 불고 있는 것을.

뜰 안의 목련꽃에 딸아이의 얼굴이 겹쳐온다.

터널을 지나며

어머니 칠순을 맞아 시골로 향하는 길이다. 터널을 들어서자 갑자기 어지럼증이 일며 구토증이 난다. 순간을 견뎌내기 위해 운전대 잡은 몸을 최대한 움직이며 눈을 치켜들고 고개를 세차게 저으며 안간힘을 써본다. 터널에 대한 공포다.

터널 속 같던 삶이 재현될까 봐 겁이 난 모양이다. IMF로 가정경제가 흔들리고 설상가상으로 남편은 직장을 잃게 되었다. 이것저것 시작해 보았지만 되는 일이 없자 온순하던 성격이 변해갔고, 서로에 대한 믿음이 흔들리며 불화마저 잦았다. 엎치락뒤치락 도무지 걷힐 것 같지 않는 어둠 속에서 숨쉬기조차 힘든 나날이었다.

어릴 적 기억의 터널은 재미를 느끼던 곳이었다. 깜깜한 터널이 나오기를 기다렸다가 옆 사람의 이마에 꿀밤을 먹이곤 시치미를 뗐다. 그 재미로 기차를 내려야 할 순간까지 터널이 자주 나오기를 장난기 가득한 얼굴로 기다리곤 했었는데…….

터널 밖으로 나서니 풍선에서 바람 빠지듯 안도의 숨이 몰려나온다. 그제야 피식 웃음을 흘리며 뒷좌석에서 곤히 잠든 두 아이들을 본다.

경제적 압박과 불화로 끝이 없을 것 같던 긴 터널을 지나며 가장 염려스러웠던 것은 사춘기를 맞은 아이들이었다. 행여 아이들 마음에 상처가 나지는 않을까, 환경을 탓하며 옆길로 새지나 않을까, 부모를 원망하며 자포자기하지는 않을까…….

그동안 잘 견뎌준 아이들이 고맙다. 그 어려운 상황에서도 쉬이 포기하지 않을 수 있었던 것은 어둠 속에서도 빛을 발하는 반딧불이 같은 두 아이들이 있었기 때문이다. 그 불빛에 의지하며 다행히 터널을 지나 가까스로 푸른 하늘을 맞았는데, 이 어지럼증은 아직 그 공포로부터 완전히 벗어나지 못했음을 말하는 것일까.

"생활고를 견디지 못한 여성 가장이 어린 생명과 함께 옥상에서 뛰어내렸다는 안타까운 소식입니다."

달리는 차 안의 오디오에선 반갑지 않은 소식이 흘러나온다. 가슴이 싸하게 아려온다. 경기침체에 이혼과 별거 가정이 늘어나면서 여기저기에서 아까운 목숨을 놓아버리는 일이 잦다는 뉴스가 심심찮게 보도된다. 우리 사회가 심각한 문제를 앓고 있다. 비정규직의 확대, 청년실업 증가, 계속되는 구조조정으로 퇴출되는 직장인, 가장 역할을 맡은 여성들의 아픈 사연들이 늘어나고 있다.

이런 기사를 대할 때면 마치 내 일인 양 마음이 아파온다. 그들이 어둠의 긴 터널을 잘 견디어 푸른 하늘을 볼 수 있게 되길, 그때까지 부디 용기를 잃지 말고 견뎌 주기를 간절한 마음으로 주문을 외운다.

고향 길 들녘이 온통 봄빛이다. 아직 바람 끝이 차지만 삐쭉 내어민 봄 싹들이 햇살 아래서 유난히 반짝인다.

잔잔한 기쁨

"많이 덥지?"

"제 삶 자체가 열대야인 걸요."

걸려온 전화 속에서 후배의 진한 아픔을 느낀다. 가진 것에 대한 감사보다 갖지 못한 것에 대해 불만과 불평을 하며 살아가던 지난날의 내 모습과 많이 닮아 아련한 향수마저 든다.

나는 생후 1년 만에 소아마비라는 병을 얻어 걸을 수가 없었다. 철이 들어 학교에 가야 할 무렵부터 클러치에 의지해 걸어야 했다. 지금 생각해보면 그것도 행운인데…… 한 계단 한 계단 숫자를 세며 오르는 내 곁을 휙휙 잘도 지나쳐 가는 사람들을 바라보며, 언제나 다른 사람들에게 뒤처질 수밖에 없을 거라는 강박관념이 생겼다.

나의 생활은 보이지 않는 무엇과 경쟁의 연속이었다. 약속이라도 있는 날이면 약속 시간보다 앞서 그곳으로 향해야만 마음이 놓였고, 남들보다 나은 그 무엇이 있어야 한다는 생각으로 늘 힘들어했다.

초등학교 2학년 때 시작하게 된 피아노 배우는 것도 비가 오나 눈이 오나 거르지 않았다. 어머니 말씀에 의하면 그때 집에 피아노가 없어 매일같이 배우러 다녔다는데, 눈이나 비가 많이 와서 걸을 수 없으면 기어서라도 가려고 했다고 한다. 그렇게 열심히 함으로써 스스로에게 위안도 되었겠지만 사실은 강박관념에서 비롯된 행동이었다.

한번은 학교 선생님께서 시험 준비를 위해 당분간 피아노 레슨을 그만두기를 권하셨다. 잠시 쉬게 되었는데 그때 나는 심하게 앓았다. 이는 뒤처지고 있다는 생각에서 온 병이었다.

사춘기가 시작되고 예민해진 신경 탓에 안정제를 먹어야 할 때가 있었다. 고등학교를 가기 위해 시험을 보는 날이었다. 평상시엔 한 알씩 먹던 안정제를 긴장하지 않으려고 두 알을 먹고 시험장에 들어갔다. 4교시 영어, 가정 시간이었다.

"집에 가서 편히 자야지."

시험지를 걷으며 감독 선생님이 하시는 말씀에 정신이 번쩍 들었다. 이름만 쓴 채 책상에 엎드려 잠들어 있었던 것이다. 보기 좋게 낙방을 했던 쓰라린 기억이다.

한참을 방황하며 지내다가 바이올린을 배우기 시작했다. 그러던 어느 날 왼손 검지의 느낌이 다른 손가락보다 둔한 것을 깨닫고 얼마나 자신이 싫었는지. 열심히 비브라토를 하면서도 느낄 수 없는 기분이란 참으로 비참했다. 오랜 목발 생활로 겨드랑이의 신경이 눌려 그렇게 된 것만 같았다. 절망감으로 연주를 생각하기도 싫었고 그런 사실을 인지하기조차 싫어 연습을 그만두고 말았다.

대학을 다닐 때 비 오는 어느 날 강의실에서 창밖을 내다보다가 휘파람을 불면서 지나가는 한 선배를 보고, 차라리 그의 고향에 피는 한 송이 동백이고 싶었다. 붉게 피었다가 순간에 떨어져 죽을지언정 시나브로 시들고 싶지 않았다. 고뇌의 밤이 다하고 다시 새벽이 온다는 사실은 또 다른 무장을 의미했지, 결코 새로운 희망을 말하는 것이라고는 생각조차 하기 싫었다.

그러던 내가 결혼을 하고 사랑스런 두 아이와 착한 남편 옆에서 여유로운 시선으로 지난날을 돌아보며 기쁨을 애기하는 사람이 되었다. 처음엔 모든 걸 부정하려 했지만 마흔이 넘자 그것들이 의미 있게 되고자 하는 노력의 몸짓이었음을 알게 되었다. 어설프고 두렵고 자신 없었던 과거가 내가 살아가려고 노력한 삶의 의미였음을⋯⋯.

열대야 현상으로 밤에 잠들지 못하면서도 머지않아 가을이 올 것이라는 것을 안다. 갖지 않음을 탓하기보다 일주일에 한 번씩 성당에 나가 반주를 하고, 내게 주어진 밝은 웃음으로 주위를 감싸 안는 일이 가슴 가득 번져오는 기쁨이다. 누군가 말하지 않았던가. '오늘의 나에게 만족하는 사람이 가장 부(富)한 사람이다.' 라고.

나이가 주는 선물

요즘 들어 밤이 무섭다고 말하는 친구가 있다. 어두운 밤이 무섭다는 뜻은 아닐 테고, 살아온 날들을 바라보며 오늘도 덧없이 하루가 흘렀음을 안타까워하는 말이리라.

그동안 심각하게 나이를 두고 생각하거나 애써 나이를 의식하며 살지 않았다. 거울에 비친 얼굴이 곱게 보이지 않다든가, 예전보다 몸이 자주 아플 때면 가벼이 한 번씩 나이를 들먹였을 뿐이다.

생각해보니 내게도 물리적 나이로 혼란스러운 때를 보낸 적이 있다. 사춘기에 접어든 중학교 때다. 초등학교 때와는 달리 학생증이라는 것이 주어졌다. 아이 취급을 받던 신분에서 어른 대접을 받는 느낌이 좋은지 아이들은 우쭐댔지만, 나는 그럴 수가 없었

다. 학생증을 받을 때마다 소란스런 아이들 틈새에서 나이를 고쳐
야 했기 때문이다.

나는 또래의 아이들보다 2살 늦게 초등학교에 입학했었다. 친구
들보다 나이가 많다는 사실이 함께 어울리기에 결격사유라도 되
는 양 숫자가 쓰인 볼펜글씨를 연필 칼로 살살 긁어내고 고쳐 썼다.

성인이 되어 보니 동료들보다 한두 살 많고 적음은 아무런 문제
도 되지 않는 일인데 그 당시 내겐 중요한 일이었다. 매번 학생증
을 받을 때마다 심적 갈등을 겪으며 고치기를 반복했다. 그런 탓
일까. 언젠가부터 실제 내 나이에 혼동이 왔으며 사춘기를 벗어나
고 성인이 되어가면서 차츰 나이에 둔감해져 갔다.

요즘 들어 친구들을 만나 이야기하다 보면 나이 든다는 것이 서
글프다는 말을 자주 듣는다. 추수 끝낸 들녘의 허수아비 같다고들
한다. 그들보다 많은 나이를 지녔음에도 아직 그들의 말이 절실히
다가오지 않는다. 내가 느낄 수 없음은 그들보다 늦게 결혼을 해
서 아직 아이들이 어린 탓인지도 모르겠다.

나이를 먹는다는 것이 꼭 서글픈 것만은 아니지 않을까. 얼마
전 음식점에서의 일이다. 그날따라 매콤한 낚지볶음밥이 먹고 싶
어 찾아간 곳이었다. 주문을 하고 행복한 순간을 기다리고 있는데
쇠고기볶음밥이 나왔다. 음식이 주문한 것과 다르게 나온 것을 알
고 쩔쩔매고 있는 아이는 그곳에 온 지 며칠이 되지 않았다 했다.

미안해하는 아이에게 "다음엔 더 근사한 걸로." 하며 한쪽 눈을
찡긋해 보이고 그냥 먹기로 했다. 예전의 나는 음식 속에 든 한 올
머리카락에도, 이 빠진 그릇에 담긴 음식을 보고도 화를 내고 나

와 버렸는데…….

나이를 의식하고 살았든, 의식하지 않고 살았든 나이 든다는 것은 상대의 입장이 되어 한 번 더 생각하게 하는 것인가 보다. 예측할 수 없었던 감정을 조절할 수 있게도 되고, 생각의 폭도 커지며, 나만을 향하던 시야가 넓어지게도 하는 것이 나이가 주는 선물이 아닐까.

그러나 때때로, 오래전부터 반복돼 오던 질문이 불쑥불쑥 솟구치며 온통 흔들어 놓는다. 나는 누구인지, 내게 주어진 소명은 무엇이며, 내가 진정 바라는 것은 무엇인가. 언제쯤 이 질문에 답이 주어질까. 애써 하루를 살았건만 어둠이 내리는 창가에 서면 하루를 도둑맞은 기분이 든다는 친구의 말이 아직 내겐 실감으로 다가오지 않는다. 나의 나이는 지금 몇 살쯤이나 될까.

지켜보는 사랑

　방송에서 태풍을 예고하고 있다. '라마순' 이라는 태풍이 서해바다로부터 올라오고 있다고 한다. 순간 고향집 과수원이 눈앞으로 성큼 다가서며 아버지 모습이 떠오른다.

　오래전의 일이다. 그해에도 태풍은 단골손님이 되어 과수원을 찾아왔다. 강한 바람에 나뭇가지들은 무참히도 찢겨졌다. 여러 차례 손길을 받으며 익어가던 봉지 속 과일들도 바람 앞에서 속수무책이었다. 비바람이 한 차례씩 지날 때마다 추수철 논바닥에 모여드는 참새 떼들처럼 넓은 과수원 바닥에 과일들은 떨어져 쌓였다.

　무서움으로 아버지를 찾던 나는, 온몸을 비에 맡긴 채 과수원 입구에 쪼그리고 앉아 계시는 아버지를 보았다. 턱! 턱! 실한 몸무게로 둔탁하게 떨어지는 과일들이 마치 살려달라며 아비를 부르는 자식들의 간절한 부르짖음 같았다. 밤이 새도록 안타까이 지켜보고 계시던 아버지. 그 모습이 어제 일처럼 떠올라 걱정이 앞선다.

차츰 빗방울이 굵게 떨어지고 있다. 안타까워하시던 아버지의 눈빛을 생각하면 집을 떠나 혼자 자취를 하며 학교에 다니던 때의 일이 떠오른다. 눈길로나마 대화를 하고 싶은 심정으로 금붕어를 샀다. 나른하던 나의 일상은 그들로 금세 생기가 돌았다. 그들은 조용한 방에 작은 물결을 만들며 살랑거리는 움직임으로 내 귓가를 맴돌다가 잠시 잠이라도 들라치면 꿈길까지 따라오곤 하였다.

어느 날 밤, 한 녀석이 물 위로 떠올랐다. 잠시 후 한 마리 또 한 마리……. 시간이 흐르는 사이 함께 숨 쉬던 생명들이 차례차례 허옇게 배를 드러내며 죽어갔다. 밤새 그들을 지켜보며 한 마리씩 건져내는 일을 했을 뿐, 어찌하지 못하였다. 자신의 무능함을 절실히 느끼며 안타까이 죽음을 곁에서 지켜볼 수밖에.

'라마순'이 예상외로 약해지고 있다는 뉴스가 흘러나오고 있다. 아버지께 전화를 했다.

"니, 요즘 글 쓰고 있나?"

스쳐 지나가는 태풍을 묻는 내게 전화 속 아버지께서 대뜸 하신 첫 말씀이다. 핑 눈물이 돌았다. 얼마 전 S사로부터 등단 소식을 듣고도 선뜻 아버지께 연락을 드릴 수가 없었다. 그 누구보다도 제일 먼저 아버지께 소식을 전하고 싶었지만, 소아마비를 가지고 사는 딸이 당신의 잘못인 양 평생 가슴의 짐으로 안고 살아가시는 아버지의 속을 헤아렸기 때문이다.

몇 날이 지난 후, 신체장애를 그린 나의 글이 실린 책에 감사의 편지를 써넣어 우편으로 아버지께 보내드렸다. 그 후 내내 편치 않은 마음이었다. 그런데 오늘, 전화선을 통해 전해지는 음성 속에서 그동안 말 없으신 가운데서도 늘 지켜보고 계셨을 아버지의 깊은 마음을 읽을 수 있었다. 가슴이 뜨거워진다.

피아노를 사 주시던 때가 생각난다. 아버지는 어린 내게 생일선물로 사주신 피아노보다 그 위에 올려놓을 인형을 고르시는 데 더 많은 고민을 하셨던 분이다. 한나절의 외출에서 돌아오신 아버진 아무 말씀도 없이 연보랏빛이 도는 인형을 피아노 위에 올려놓으셨다. 모나지 않는 원만한 성격으로 자라기를 바라시는 아버지의 마음을 느낄 수 있었다.

부모님이 계시는 시골집 현관에 들어서면 오래전부터 걸려 있는 액자가 하나 있다.

"왜 이 액자는 아직 걸어 두고 있어요. 이제 그만 떼었으면 해요."

서툰 그림에 부끄러운 글이 적힌 낡은 액자가 거실에 어울리지 않는다고 나는 투덜거렸다. 그러나 아무 말씀도 없이 다른 일로 눈길을 돌리시던 아버지. 문학 동아리에서 시화전을 할 때 전시했던 나의 시가 적힌 액자이다. 몇 차례나 집수리를 하던 20여 년 동안 그대로 걸어 두고 말없이 지켜보고 계시던 아버지. 아버지의 나에 대한 사랑법인 것을 그때는 몰랐다.

내가 지닌 신체가 태풍 같은 자연재해 속에서 어쩔 수 없는 일이었다면, 그 속에서도 오늘까지 잘 살아오고 있음은 아버지의 지

켜봄이 있었기 때문이리라. 뜨거운 여름햇볕 속에서만이 잘 익어
갈 수 있는 과일처럼 나는 오늘도 말없이 지켜봐 주시는 아버지의
눈길을 받으며 튼튼한 열매로 익어가고 있다.

얼굴

“얼굴이 밝아서 좋아요.”

간혹 새로운 사람을 만날 때나 모처럼 모임에 나갈 때면 내게 건네지는 말이다.

내가 목발을 짚기 시작한 것은 9살쯤 되었을 때이다.

언젠가 아버지는 이상한 물건을 가져와서는 걸어보자고 하셨다. 나는 겁을 먹었고, 그 물건은 광 속에 넣어진 채 잊혀져 있었다. 그러던 어느 날 우연히 목발을 짚은 걸인이 우리 집을 찾아왔다. 그 걸인의 걷는 모습을 보고부터 나는 걷는 연습을 하게 되었다. 그것은 학교에 가고 싶은 마음이 간절했기 때문이었다. 부모님은 학교에 가고 싶으면 목발을 짚고 걷는 연습을 하라고 했다. 그렇게 해서 학교라는 작은 사회와 인연을 맺게 되었다.

그땐 걸을 수 있다는 기쁨보다 학교에 갈 수 있다는 사실이 더 큰 기쁨이었고 목표였기에, 그 후에 내가 겪어야 할 아픔에 대한 것까진 미처 몰랐다.

얼굴이란 감정의 표현이 가장 잘 보여지는 곳이기에 학교생활을 시작하면서부터 나의 얼굴은 많은 사람들이 당연히 생각하듯 늘 침울한 표정이었다.

걷는 일보다 넘어지는 것이 더 자유롭던 날들이 지나고, 오로지 나만을 바라보던 사춘기 시절엔 심신이 허약해진 울보였다. 너무 자주 자신을 바라본 탓에 한 번은 학교에서 시험을 보다가 쓰러져서 병원으로 실려 갔다. 너무 깊게 생각하는 것보다 친구들과 재미있게 생활하라는 의사의 말씀에도 불구하고, 애처롭게 바라보시는 부모님의 눈길을 느끼며 학교에 가야 할 시간에 자주 병원으로 향하곤 했다.

차츰 아이들과는 거리가 생기고, 안타까워하는 표정이 싫어 혼자 있는 시간이 많아졌다. 그럴수록 표정을 잃은 얼굴이 되어 갔다.

대학 1학년. 그 당시 나는 책가방을 들기 위해 한쪽으로만 크러치를 짚고 다녔다. 그런 나에게 넓은 캠퍼스를 오가는 일은 참으로 힘든 일이었다.

한 번은 다음 수업을 위해 강의실을 찾아 부지런히 걸음을 옮기다가 나뒹굴게 되었다. 목발이 몸을 지탱하기에 힘겨웠던지 그만 부러지고 만 것이다. 얼마나 암담하던지. 그러나 순간 가없이 넓고 눈물 나도록 푸른 하늘이 내 가슴으로 내려왔다.

누워서 바라보는 하늘을 통해 세상은 참 넓은 곳이란 느낌이 들었다. 부끄럽거나 창피하다는 느낌보다 일어서기 위해 누군가의 힘이 절실히 필요했다. 그러나 주위에는 아무도 없었다. 오도 가도 못하는 심정은 내게 꽃동네 오웅진 신부님의 '얻어먹을 수 있는 힘만 있어도 그것은 주님의 은총입니다.' 란 글귀를 떠오르게 하였다. 그 후 내 삶의 자세는 서서히 변화되기 시작하였다. 그 중 한 가지가 나의 얼굴 표정이었다.

사막에 홀로 버려진 듯한 외로움과 쓸쓸함으로 눈물을 뿌리며 거리를 걷다가도 집으로 들어서면서부터는 웃었다. 거울을 보면서도 웃고, 화장실에서도 웃었다. 부모님을 위해서 할 수 있는 일은 웃는 낯빛을 보여드리는 것이라는 생각에서였다.

쉽지는 않았지만 웃다 보니 마음도 편해지고 견디기 힘들다고 느꼈던 일들도 훨씬 수월해졌다. 덤으로 나도 모르는 사이에 웃는 모습이 되어가고 있었다.

마음속에 밝고 선한 생각을 가지고 생활하면 그런 얼굴이 되는 것처럼, 사람의 얼굴은 자신의 마음가짐에 따라 얼마든지 변모하는 것이다. 얼굴의 어원은 '얼의 꼴' 로, 본래 타고난 꼴이 있지만 얼을 어떻게 가꾸느냐에 따라 꼴이 변할 수도 있다는 뜻이라고 한다.

자신의 얼굴에 책임을 져야 한다는 마흔의 나이가 넘어 때때로 내면의 얼굴을 바라볼 때가 있다. 그 속엔 또 다른 내가 있어 말한다. '다른 사람의 시선 속에 부담스런 모습이 아닌 것만으로도 얼마나 멋진 삶이냐' 고.

맏딸

"엄마도 아들이 좋지?"

식탁 앞에서 딸아이가 묻는다.

며칠 전 시골에서 올라오신 할머니의 반복되는 아들타령이 은 연중 아이에게 그런 질문을 하도록 했나 보다.

4남 2녀 중 막내아들인 남편에게 시어머니는 마지막 희망처럼 아들 손자를 바라셨다. 시어머니께는 손자 한 명에 손녀가 다섯 명 있었다. 우리가 결혼을 하고 열흘도 채 되지 않아서 전화가 왔다. 좋은 소식 없느냐는 것이다. 아이 소식이 궁금하신 것이다. 서른하나라는 많은 나이에 결혼한 탓도 있겠지만 그보다도 소아마비라는 신체장애를 가진 내가 혹시라도 아이를 갖지 못하는 것은 아닐까 하는 걱정에서다.

그런 생각에 반기를 들듯 한 달 만에 아이가 들어섰다. 시어머님은 아들 낳는 비법이 든 약을 먹길 바라셨다. 친정어머니는 안타까운 눈길로 '훗날 원망을 듣지 않으려면 원하는 대로 하는 수밖에 없다' 며 수소문해서 한약을 지어 먹게 했다.

아이를 가진 후 연탄 냄새를 견디기가 힘들었다. 남편과 나는 다른 집을 구하기 위해서 며칠 동안 걸어 다녔다. 그러다 하혈이 비쳐 병원에 갔더니 당분간 침대에서 꼼짝도 하지 말고 지내라 했다. 그때부터 남편은 나를 위해 부엌일을 하게 되었다. 지금도 가끔씩 특별요리를 해주며 남편은 그때 익힌 솜씨라고 은근히 자랑 아닌 자랑을 한다.

다행히 남들 다 한다는 입덧도 없이 맛있는 것 먹으며 신혼을 지냈다. 하루는 밤 12시가 넘었는데 김밥이 왜 그렇게도 먹고 싶던지. 요즘엔 늦은 밤일지라도 쉽게 구할 수 있지만 그땐 쉬운 일이 아니었다. 김밥을 사러 나간 지 한참 만에 돌아온 그는, 음식점을 다 돌아다녀도 없어 역 근처의 포장마차까지 가서 겨우 구해 왔노라고 했다. 지금도 김밥을 먹을 때면 그때의 이야기를 하며 웃곤 한다.

2.6kg의 건강한 여자아이가 태어났다. 아들이 태어나리라는 확신을 가지고 계시던 시어머니는 서운한 빛을 감추지 않으셨다. 그 후로도 또 한 번 딸을 낳아 연로하신 시어머니의 기대에 부응하지 못해 죄송스러웠지만 우리는 건강한 딸을 주신 하느님께 감사할 뿐이었다.

아이들은 잘 자라주었다. 큰아이가 6살 때의 일이다. 유치원 선생님이 면담을 신청해왔다. 아이가 애정결핍 같다고 한다. 그 말을 듣고 선생님 앞에서 얼마나 울었던지. 아이를 낳은 지 18개월 만에 둘째를 낳았기에 너무 어린 나이에 놀이방에 맡겼던 것이 원인이 되었던가 보다.

그 후 선생님과 나의 노력은 시작되었다. 아이는 매일같이 선생님의 루주 자국을 얼굴에 묻혀왔고, 나는 유치원에서 말할 수 있는 얘깃거리를 만들어주기 위해 아이를 데리고 여기저기 다녔다. 그리고 전화로 선생님께 다녀온 곳을 이야기하고 다음날 선생님은 아이에게 그에 관한 것을 질문하면서 관심을 보내주었다. 그러는 사이 차츰 아이는 밝아지며 적극적인 성격이 되어갔다. 그때 그 유치원 선생님을 만나지 못했다면 우리 아인 어떻게 되었을까.

한 번은 이런 일이 있었다. 큰아이가 초등학교 1학년 때의 일이다. 휴일이라 피곤을 핑계 삼아 잠시 낮잠을 자고 일어나 보니 아이들이 없었다. 애를 태우며 있는데 해질녘을 넘겨 아이들이 돌아왔다. 반가움에 벌컥 화가 났다. 엄마의 목소리가 잠잠해지길 기다리던 아이들이 가만히 비닐봉지를 내민다.

"엄마 다리 낫는 약이라고 해서 산에서 캐어왔어."

순간 아이들의 얼굴이 빛났다. 비닐봉지 속에는 여러 가지의 풀들이 시든 채 들어 있었다. 왈칵 눈물이 나서 아이들을 부둥켜안고 소리 없이 울었다. 저 어린것들이 얼마나 걱정이 되었을까. 다른 사람들 앞에 당당하게 나서는 모습을 보여주어야겠다는 생각이 들었다. 그 후부터 아이들의 운동회나 체육대회, 소풍까지 빠짐없이 따라 다녔다.

맏딸이 초등학교 5학년 때의 일이다. 며칠 전부터 "엄마- 엄마-" 하고 부르다가 대답을 하면 "아니야." 하고 그만두길 몇 차례 하더니 드디어 입을 열었다. 아르바이트를 하겠다고 했을 때 엄마가 공부나 열심히 하라고 했는데, 몰래 일요일마다 피자집의 광고 붙이는 일을 한 시간씩 했다는 것이다. 그리고 마음이 편치 않아 성당에 가 신부님께 고해성사를 했는데, 신부님이 엄마한테 말씀을 드리라고 했다고 한다. 속마음이 부르르 끓어올랐지만 행여 마음을 닫아 버릴까 봐 "말해줘서 고맙다." 하는 선에서 끝냈다.

부모가 된다는 일은 얼마나 많은 인내를 요구하는가. 어린 시절 나의 어머니는 내가 학교에 갔다 오면 같이 침대에 누워 이런저런 이야기를 시키며 속마음을 자연스럽게 털어놓을 수 있도록 훈련시켰다. 어머니는 참 현명하셨다. 그런 어머니가 되고 싶다.

큰아이가 책상에 엎드려 잠이 들어 있다. 새 학년에 올라가 친구 사귀는 일에 유난히 힘들어하는 모습을 바라보며 나는 그 일에 선뜻 나서지 않는다. 어떤 상황에도 스스로 대처하며 지금은 힘들지만 슬기롭게 커가기를 기다려 본다.

살아가는 일

　며칠 전, 세탁을 위해 이것저것 빨랫감을 모아 넣고 전원버튼을 누른 후 외출을 하고 돌아왔다. 빨래를 널려고 가보니 'Fe'라는 글씨가 뜨며 뒤웅-뒤웅- 세탁기가 울고 있었다. 버튼을 이것저것 눌러봐도 아무런 반응이 없다. 그냥 전원코드를 뽑아버렸다. 부르르 몸이 떨렸다. 세탁실은 너무 추웠다. 올해 들어 가장 매서운 추위가 사흘째 계속 되고 있었다. 내게도 힘든 날들의 연속이었다.

　야반도주하듯 짐 보따리를 싸서 이사한 후 정신없이 살았다. 어떻게든 아이들을 잘 키워야겠다는 생각밖에 없었다. 그런데 산다는 일이 흉물스러울 때도 많았다. 큰아이가 대학 시험을 보러가는 날, 혼자 가겠다는 것을 굳이 데려다 주겠다며 차를 몰고 가다가 사고가 났다. 고속버스가 뒤에서 박았다. 병원에 딸과 함께 입원을 했다.

아마 그때부터인 것 같다. 추워진 날씨 탓으로 세탁기가 작동을 멈추어버렸듯이 다친 몸의 통증보다도 아이에게 돌이킬 수 없는 상처를 주었다는 죄책감은 나를 꽁꽁 얼려 버렸다. 생각도, 글도, 생활도 코드를 뽑아 놓은 세탁기처럼 젖은 빨랫감을 안고 웅숭그린 채 정지되어버렸다.

일터에 문제가 생겨 손해를 보고 나와야 했고, 건강검진에서 장내시경 결과 음성으로 재검진을 받아야 했으며, 대학등록금으로 모아둔 것을 펀드에 넣었다가 사상 최악으로 떨지는 펀드바람에 엎어지고……. 이 처절한 삶 가운데에 언제까지 나를 놓아둘 건지, 흉물 같은 삶에게 묻고도 싶었다.

삶은 잠시도 한눈 팔 수 없는 얼음 위에서 돌아갈 수도 앞으로 나아갈 수도 없게 했다. 몸도 마음도 꽁꽁 언 채 한숨도 자지 못하고 견뎌내야 했다. 살아가는 일이란 길 위에서 느닷없이 폭설을 만나 고스란히 당해도 그저 묵묵히 받아들여야 하는 건지. 내겐 그것만이 지쳐 쓰러지지 않기 위한 최선의 방법이었다.

점검을 받아야겠다는 생각을 하면서도 급한 일들을 먼저 처리하다 보니 며칠이 지나갔다. 불현듯 생각이 미쳐 세탁실로 갔다. 점검원을 부르기 전에 확인을 할 겸 전원을 꽂고 혹시 하는 마음으로 운전을 눌렀다. 며칠 사이 날씨가 많이 풀린 탓일까. 잔뜩 골났던 어린아이가 마음을 고쳐먹은 듯 윙- 소리를 내며 세탁이 되기 시작했다.

여기저기 상처가 나고 베였던 것들이 조금씩 아물며 내 안의 얼어 있던 것들도 서서히 녹아내리고 있는 걸까. 차선을 선택한 큰아이는 잘 적응해가고 있고, 둘째 아이가 대학시험을 보았고, 다시 시작한 나의 일은 활기를 띠고 있다. 혹한 추위 뒤에 따뜻한 봄이 온다고 했던가. 드르륵 덜컥, 위-잉 경쾌한 소리를 내며 돌아가는 세탁기를 보니 막혔던 내 가슴도 시원해져 온다.

어머니의 생신

어머니의 71회 생신날이다.

늘 시골에 내려가서 어머니가 쥬비하 음식으로 어머니 생식을 하곤 했었는데, 올해부터 자식들이 돌아가면서 생신상을 차려드리기로 했다. 올해가 내 차례였다. 생신날이 목요일이었기에 앞당겨 일요일에 하기로 했다.

많이 긴장되었다. 일주일 전부터 집안 청소를 했다. 좁은 집을 좀 더 넓게 쓸 수 있도록 아이들 방에 있는 침대를 분해해서 옥상으로 올리고, 베란다 청소에 유리창까지 닦으며 부산을 떨었다. 그러면서도 막상 날짜는 다가오는데 무엇부터 어떻게 해야 할지 몰라 걱정만 되었다.

늘 차려진 상을 받았고 시키는 일만 했지, 지금껏 아이들 생일

잔치 외엔 차려본 적이 없었으니 그럴 만도 했다. 딸아이와 시장을 보았다. 이것저것 메모해 놓은 것들을 보며 장바구니 가득 샀다.

동생 댁들에게서 전화가 왔다. 한 가지씩 준비를 해가지고 갈 테니 무엇이 필요하냐며. 서울에 사는 셋째동생 댁은 제일 힘든 일이 전을 부치는 것이라며 자청해서 맡겠다고 했고, 안산에 사는 둘째동생 댁은 떡과 과일을 준비하기로 했다. 전주에 사는 넷째는 음료수, 막내는 케이크를 사오고 새언니는 갈비를 재어왔다. 어머니는 김치를 택배로 보내주셨다. 정말 장소만 나의 집인 셈이었다.

토요일 점심 무렵 약속이나 한 듯 거의 같은 시간대에 아버지와 어머니, 형제들이 함께 들어왔다. 그런데 금세까지도 아무렇지 않던 엘리베이터가 고장이 나는 바람에 9층까지 뻘뻘 땀을 흘리며 걸어올라 오셨다. 신고식 한번 톡톡히 한다고들 우스갯소리를 한다.

대구탕을 끓여 늦은 점심을 먹으며 칭찬과 감사의 말이 오고 갔다. 16평 작은 아파트가 이 많은 식구들을 어찌 수용할까 걱정이 되었는데 좁다는 느낌이 들지 않으니 참 신기했다. 집안 가득 웃음소리가 찼다.

아버지는 내가 운영하는 학원을 둘러보시고 오셔서 참 예쁘게 꾸며 놓았다며 흐뭇해 하셨다. 별 말씀 없이 뒤로 물러서 계신 듯한 아버지, 안쓰러워하면서도 한편 대견해 하시는 맘을 눈길 속에서 읽을 수 있었다. 내 집이라고 장만한 이 작은 곳에 아버지가 와 주신 것만으로도 난 충분히 기뻐 어머니 생신이라기보다 나의 날 같은 느낌이다. 일요일, 함께 준비한 음식들을 상에 차려 놓고 생일 축하 노래를 부르며 화목함이 넘쳐났다.

앞으로 내가 어머니 생일상을 몇 번이나 차릴 수 있을까. 갑자기 마음이 숙연해져 왔다. 칠십이 넘도록 부려먹은 관절이 좋지 않아 엉거주춤 걷는 모습이 눈에 밟혀 어머니 가까이 가 앉으며 이것저것 이야기를 한다.

어머니는 그동안 자식들에게 서운했던 이런저런 이야기를 늘어 놓으신다. 작은 일에도 쉬이 노여움을 타는 것이 나이 듦의 특징일까. 그러면서 갑자기 밝은 표정이 되어 다음 주부터 컴퓨터를 배우기로 했다며 메일을 쓸 테니 답을 꼭 하라신다. 이럴 땐 청순한 아이 모습이다. 신체적 나이와 마음의 나이는 별개인지도 모른다. 모처럼 만난 형제들은 저마다 사는 이야기로 떠들썩하다.

새벽편지

'새벽편지' 송년회에 갔다. 얼마 전 가까운 친구로부터 좋은 곳에 간다는 말을 듣고 같이 가보니 '누님의 된장찌개' 라는 슬로건으로 모인 사람들의 모임이었다. 사람들과 진행 프로그램들이 마음에 와 닿아 카페에 가입하였다.

매일 한 편씩 새벽편지라는 이름으로 보내오는 편지는 각양각색의 사람들의 진솔한 이야기들이다. 그것들을 읽으며 용기도 얻고 눈물도 흘리며 하루를 시작해 오던 차에 송년회 모임이 있다는 알림을 대하고 스스로 신청하기에까지 이르렀다.

도로에 주차를 하고 들어선 곳은 포근한 가정집 거실 같은 느낌이다. 아직 행사가 시작되지 않았지만 오는 사람 순서로 식사가 제공되고 있었다. 먼저 머리고기라는 편육과 새우젓, 흰 절편과 쑥절편이 내어져왔고, 이어 우리 밀로 만들었다는 칼국수가 나왔다.

행사가 시작되었다. 멀리 부산에서 영천에서 각지에서 팬들이 모였다. 함께 만남의 노래를 시작으로 새벽편지 송년회 문학의 밤 행사가 진행되었다.

시낭송에 이어 웃음전도사의 한바탕 행복에로의 여행이 끝나고, 분위기는 고조되어 백혈병 병동을 찾아다니며 웃음무용을 하고 있다는 고전무용수와, 손가락 여섯 개로 연주하는 장애우의 피아노 연주를 들으며 코끝이 찡해지기도 하고, 중후한 첼로 연주에 빠지기도 했다. '삑사리'를 내어 한바탕 웃을 수 있게 해주던 클라리넷 연주, 바이올린 연주에 변금술까지 참 다양한 만남의 축제의 시간이었다.

그리고 촛불명상 시간, 각자 한 개씩 촛불을 들고 숙연해진 분위기 속에 '아내의 빈자리'라는 새벽편지 사연이 영상과 함께 흘러나왔다. 아내를 떠나보내고 아내 몫까지 신경 쓰며 아이를 데리고 사는 아버지의 아픈 사연으로 영원히 채워지지 않는 아내의 빈자리에 대한 이야기다.

서서히 볼에서 눈물이 흘러내렸다. 모른 척 시치미 떼고 가만히 있으려는데 연이어 콧물까지……. 가만가만 손수건을 꺼내어 닦았다. 그러곤 많이 후회가 되었다.

올 한 해 나의 아픔만을 바라보고 살았다는 자책이 밀려왔다. 연이은 크고 작은 사건들에 지쳐가면서 그 힘듦에서 헤어나지 못하고 자신감마저 잃어가며 원망만 늘어놓았다. 특히 사랑하는 엄마에게 못할 짓을 한 것 같아 이토록 눈물이 흘렀다. 엄마한테는 무슨 말을 해도 괜찮다고 생각했다. 왜일까. 엄마는 언제나 강해 보인 탓일까.

교통사고를 당해 힘들었던 때도, 아이들 아빠와 갈등하고 있을 때도, 세무서로 교육청으로 동분서주할 때도 걱정되어 새벽같이 올라오신 엄마에게 눈물 콧물 흘려가며 "내가 얼마나 힘들게 사는지 누구 하나 관심이나 있느냐."고 억지를 부렸다. 엄마는 묵묵히 들어주었다. 그러곤 "나는 아무 힘이 없구나." 말씀하시곤 했다.

그날도 그랬다. 새벽같이 올라오신 엄마에게 내가 알아서 하겠다고 엄마가 뭘 해줄 수 있느냐고 정말 싸가지 없게 엄마한테 대들었던 날이었다. 그러곤 꽁꽁 여몄던 마음을 풀어 놓은 탓인지 모처럼 쉬이 잠들었는데…….

엄마가 내려가신 후 이불을 개려고 보니 그 속에 '내 딸, 미안해. 고맙다.' 이렇게 적힌 흰 봉투가 떨어져 나왔다. 그리고 그 속에 16만 원이 들어 있었다. 엄마는 아무것도 해주지 못했다는 생각에, 동생들이 용돈으로 드린 것을 그 봉투에 넣어 두고 가신 것이다.

통곡을 했다. 아닌데 이게 아닌데……. 내가 무슨 말을 해도 엄마는 다 들어주는 강한 분이라고 생각했는데……. 엄마는 일흔이 넘으신 노인인 것을, 심신이 편치 않은 딸아이를 가슴에 두고 아파하는 약한 엄마인 것을…….

참으로 어리석게도 내 아픔만을 바라보는 못난 딸이었다. 촛불 명상 시간에 그 깨달음은 이토록 걷잡을 수 없는 눈물로 흘러내리고 있다.

길

거울 앞에 앉아 머리 손질을 하다 말고 눈길이 멈춰 선다. 양 볼 사이로 팔자 주름이 길고 깊게 나 있다. 어제오늘 생긴 것이 아닐진대 오늘따라 갑자기 도드라져 보인다. 두 손으로 잡아 올려도 보고 당겨도 본다.

주름이란 시간의 흐름으로 해서 패이거나 접히는 자국이다. 얼굴의 팔자 주름이 세월의 흔적을 말하고 있다. 그래서 얼굴에 나타난 주름으로 나이를 미루어 짐작한다는 말을 하나 보다.

내겐 언제부터 주름이 시작되었을까. 배우 안성기의 주름이 떠오른다. 그 배우의 눈가 주름은 하회탈처럼 굵고 밝다. 그 속에서, 많이 웃는 사람만이 지닐 수 있는 아름다운 흔적을 본다. 그 사람이라고 늘 웃을 일만 있었을까.

바닷가를 찾았던 일이 생각난다. 넘실거리는 푸른 바다를 보러 갔는데 시간대를 잘못 찾은 탓인지 물이 다 빠져버린 갯벌만이 눈앞에 펼쳐져 있었다. 실망한 채 돌아서려는데 눈에 비치는 것이 있었다.

갯벌이 그냥 갯벌이 아니었다. 마치 들녘의 이랑마냥 물결무늬가 갯벌을 수놓고 있었다. 바닷물이 들고 나는 동안 바다 밑에 생긴 수많은 일렁임의 흔적이다. 늘 받아주기만 하던 바다가 오랜 세월 아픔을 껴안고 다독이며 이런 비밀을 간직하고 있었다니.

항상 웃으며 살아왔지만 아무도 모르게 아파하며 견뎌온 내 모습을 보는 듯해 마음 한편이 울컥해지던 기억이 새롭다. 우리 삶의 연흔 또한 이리저리 부대끼고 흔들리며 저 바다의 일렁임과 닮아있지는 않을까.

고통의 길 안에 기쁨이 있고, 기쁨의 길 위에 고통이 뒤따르듯, 살아간다는 것은 가슴 설레는 일이면서도 만만치 않은 길이다. 계절의 변화가 있어야만 나무에 나이테가 생기듯 고통과 기쁨, 빛과 어둠을 맛보며 나아가야만 더 멋진 주름이 만들어지지 않을까.

시간의 흐름 속에서 생성과 소멸의 과정을 겪으며 남는 것의 한 형태가 주름이다. 〈시간의 주름〉전(展)이 있었다. 전시에는 인간의 삶과 죽음이라는 숙명을 통해서 나온 주름에 관한 기록을 미술작품으로 시각화해 놓고 있었다.

작품은 대부분 많은 노동력과 긴 인내를 필요로 하는 것들이었다. 드릴로 스테인리스 스틸에 수천 수만 번의 점을 찍어 만든 작품들이기 때문이다. 나 또한 수천만 번의 점을 찍으며 나의 길을 가고 있지 않은가. 오랜 시간 한 점 한 점 찍어 내리며 이미지를 담은 모든 작품들이 켜켜이 쌓은 시간의 흔적으로 흘러내렸다.

흘러내린 주름은 내가 살아온 길이었다. 제대로 작품의 느낌을 살리기 위해 수십 번 수백 번을 반복 작업하며 긴 시간 끈질긴 노동의 손길로 다채롭게 형상화한 작품들, 우리의 삶 또한 이처럼 끈질긴 노동의 손길로 시간의 주름을 만드는 것이 아닐까.

거울 속에 비친 얼굴을 다시 바라본다. 그 얼굴에서 또 다른 수많은 길을 본다. 내 얼굴의 주름은 흔들리고 부대끼며, 소멸되고 생성되며 어떤 길로 가고 있는지, 두 손으로 주름을 잡아 올리며 크게 한번 웃어 본다.

자갈치 시장

박선희

말꼬리가 물구서는
질척한 시장길
비릿한 내음이 옷깃을 끈다

고만고만한 탁자들이
호기심 어린 발길을 부여잡고
빨간 장화와 비닐 앞치마 물기를 튕긴다

좁은 세상을 구부리며 견디던 뱀장어들
한잔의 시원소주로 녹고
오이소 보이소 사이소
임시 시장의 문구는
감칠맛 나는 억양으로 산다

철썩 철썩
비닐 칸 안에서 마시는 술은 바다로 출렁인다

제4부
간판을 보며

간판

박선희

창 밖
입간판이 비를 맞고 있다
온통 젖고 있다

문득
나를 내어 걸고 싶다

등대처럼

오후 5시의 햇살! 붉은 기운이 빛을 더해가며 내게로 쏟아져 왔다. 현관을 나선 내게 그건 찬란한 환희였다. 그러나 빛 속에 선 나는 당황했으며 부끄러워지기 시작했다. 집에서 입던 옷에 겉옷만 걸친 탓도 아니요, 화장을 하지 않은 얼굴 때문은 더욱 아니다. 옹졸한 마음으로 칩거해 있었던 어리석음 때문이랄까. 갑자기 닥친 일 앞에서 살아온 날들에 의미를 부여하지 못한 채, 살아갈 날들이 막막하기만 하다고 가슴의 문을 닫아걸고 아파해온 날들 때문일까.

얼마 전에 있었던 딸아이와의 일이 지나온 나의 삶을 흔들어 놓았다. 둘째 딸 수지는 바이올린을 공부하고 있었다. 6년째이다. 나는 바이올린 연주자들의 프로그램을 녹화해 두었다가 보여주고, 도움이 될 만한 음악회를 찾아 동행해 가며, 병아리가 어미 닭이 되어 가는 모습을 바라보는 심정으로 나날이 행복해했다.

다행히도 아이는 점점 어려워지는 과정 속에서도 재미있어 했고, 무엇보다도 몸으로 음악을 느끼며 즐거워했다. 훗날 어린이집을 지어 아이들에게 바이올린 음악을 매일같이 들려주겠다는 이야기를 할 때는 나도 덩달아 신이 났다.

소리가 제대로 되지 않아 끽끽거리던 아이가 들어줄 만한 연주 모습을 갖춘 것이 무척 대견스럽던 참이었는데……. 어느 날 아이는 날벼락 같은 선언을 했다. 지금까지 바이올린을 한 것은 엄마의 보이지 않는 강요 때문이었다고, 바이올린을 생각하면 압박감이 온다고, 이제 그만두겠다고…….

엄마의 사랑은 상실의 사랑이라 했던가. 그러나 내겐 청천벽력 같은 충격이었다. 지금까지 해온 일들이 아이에게 심리적 부담감만 가중시켰단 말인가. 아이를 위한다는 것이 한낱 나의 착각이었단 말인가. 와르르 내 마음이 무너져 내렸다. 아이의 자유롭고 고운 심성을 위해 시작했던 일이 오히려 속박이었다니.

아이를 위한다고 해온 일들이 일순 혼란 속에서 길을 잃었다. 수지가 바이올린을 하지 않겠다고 해서만이 아니다. 남편과 두 아이는 내 삶의 가장 가까운 동반자들이다. '둘이 앉아 쳐다보는 벽이 혼자 쳐다보는 벽보다 고독하다'는 말처럼 함께 산다는 일은 힘든 일이지만 우리는 함께 항해해야 할 운명인 것을…….

그런 만큼 나는 이들에게 기쁨이고 희망이고 싶었다. 그런데, 지금까지 살아온 일들이 의미를 잃으며 나를 지탱해오던 신념이 허물어져 내렸다. 아무 일도 할 수가 없었다.

하오 5시 햇살!

사람들이 그의 존재를 의식하지 않을 때도 한결같이 뜨고 지며 함께 했던 빛. 어둠 속에 웅크리고 있던 내가 오늘 만난 이 빛은, 봄을 만드는 연두 빛 푸름처럼 내 삶을 새로이 물들일 수 있을까. 늘 제자리를 지키고 있는 것만으로도 내 아이에게 새로운 힘을 줄 수 있다는 것을 깨우쳐 준 햇살이다. 무거운 마음을 내려놓고 온몸으로 그 빛을 따라 달린다. 서서히 좁은 시야가 트여 온다.

아이가 준 혼돈과 허탈감은 더 나은 내일을 위한 몸짓일 뿐이다. 나는 내 자리에서 등대가 되고 싶다. 아이가 세상의 밤바다에서 길을 잃고 헤맬 때 빛이 되어 스스로 밝혀주기 위하여……

심밀도

예전에는 아프지 않던 곳이 자주 아파온다.

무릎이 시큰거려 병원을 찾았다. 의사는 골다공증이 염려되니 골밀도검사를 하자고 한다. 이제는 정말 나도 갱년기 여성들에게 찾아오는 골다공증이라는 것을 염려해야 할 나이가 되었나 보다. 왠지 씁쓸해진다.

지나온 세월 동안 큰 어려움 없이 몸을 지탱해준 뼈들에게 고맙고도 미안하다. 어려서 얻은 소아마비로 걷는 일이 서툴러 유난히 많이도 넘어지고 깨지면서도 쉽게 흔들리거나 주저앉지 않고 기고만장했던 지난날들. 가고 싶은 곳은 어디든 주저 없이 다녔다. 수없이 많은 계단을 오르내려야 하는 동굴과 산, 가파른 길들이 장애가 되지 않았다. 그러면서 행복의 노래를 부르는 인생을 꿈꾸어 왔었다. 그러나 인생이 어디 마음먹은 대로 되던가.

예상했던 대로 검사 결과 골밀도가 낮게 나타났다. 연년생인 두 아이들이 차례로 대학에 들어가고 이제야 숨을 돌려 보니, 그동안 미처 돌보지 못했던 몸이 많이 힘들었었나 보다. 내 몸을 지탱하던 뼈의 진액이 나도 모르게 숭숭 빠져나가고 있었다니, 그동안 걸어가야 할 앞만 바라보며 살았을 뿐인데. 문득 빈 둥지마냥 인생의 알갱이가 흩어져 버린 듯하다. 뼈가 이 정도로 약해지는 동안 마음은 얼마만큼이나 지치고 허망해져 있을까.

많이도 아팠던 날들이었다. 불편한 몸으로 두 아이들과 생활을 책임지며 꽁꽁 묶여 바동거리며 오도 가도 못했던 날들, 그런 과정 속에서 수도 없이 허방을 짚어 부러지던 마음……. 원망도 하고 후회도 하며 어찌 하지 못한 채 나를 방치하고 있었다. 그러한 세월 동안 마음의 출혈은 또 얼마나 컸을까. 내 인생의 심밀도를 높이기 위해 필요한 것은 무엇일까. 이제 내 마음속에서 잠자고 있는 생각들을 다시 깨우고 아팠던 날들을 사랑하는 마음으로 나누며 살고 싶다.

때로는 아프게, 때로는 힘들게 살아온 지난날들이 나를 키워 온 자양분이 되었지 않을까. 한 번 부러진 뼈도 아픔 끝에 다시 붙으면 더 단단해진다. 새로운 세포들이 뼈를 결합시켜 줌으로 다른 부분보다 울퉁불퉁 모양새는 매끄럽지 않겠지만 더 튼튼해지지 않던가. 부러진 뼈를 더욱 굳게 하는 콜라겐처럼 지난날이 바탕이 되어 내 마음의 두께를 더 두껍게 해주리라 믿는다.

분주함 속에서도 바이올린을 배우기 시작했고, 시각장애인들을 위한 녹음 봉사도 시작했다. 비록 음정, 박자가 서투르고 발음이 자꾸 꼬이지만 함께하는 시간 내내 마음이 즐겁다. 가지에 피가 돌며 서서히 봄이 오는 느낌이다.

봄맞이

오후 4시, 아직 해가 질 시간은 아닌데 하늘이 캄캄해 온다. 희고 작은 것이 유리창을 향한다. 때아닌 우박이 비에 섞여 내리더니 이내 펑펑 함박눈이 된다. 겨우내 못다 한 일을 서둘러 끝내기라도 하려는 듯 하늘은 분주하다. 텔레비전에선 벌써부터 매화 축제와 산수유 이야기로 힘들었던 겨울을 털어내며 꽃 피는 봄을 부르고 있는데 정작 봄은 이토록 오기가 힘이 드나 보다.

여러 날들 속에서 재잘거리며 흐르던 우리의 강이 꽁꽁 얼어붙은 지 오래다. 어느 날 폭설 같은 빚 문서가 집안으로 날아들었다. 지금껏 살아온 날들이 의미를 상실한 채 와르르 무너져 내렸다. 있어야 할 자리를 잃은 듯 허망하였다.

부부란 서로를 믿고 그 믿음을 지키며 사는 것이 첫째라 하지 않았던가. 믿지 못하고 사는 일보다 더한 비극이 있을까. 미래에 대한 불안감이 나를 잡고 놓아주지 않았다. 해결되지 않는 경제적 압박과 함께 지난해는 내게 육신뿐 아니라 마음까지 얼어붙게 한 혹독한 겨울이었다.

　얼음 낚시터의 풍경이 떠오른다. 얼음을 뚫고 낚아 올린 빙어의 싱싱한 눈부심! 발로 쿵쿵 굴러도 끄떡없던 얼음 속에서 어떻게 그토록 예쁜 물고기가 살아 있었을까. 다행히도 죽지 않고 겨울을 견디며 살아 있어준 물고기들이 그렇게 고마울 수가 없었다. 두꺼운 얼음이 오히려 추운 겨울을 견디며 물고기들을 살아 있게 하는 보호막이 되었다니.

　우리도 마냥 이대로 쓰러져 살 수는 없지 않은가. 어느 시인은 '지금은 어둡고 추운 계절의 순간이지만 차츰 밝아 오는 계절이 다가온다.'고 읊었다. 비록 언제 왔는지도 모르게 지나가고 마는 짧은 계절이지만 내게 있어 봄은, 겨울과 여름을 이어 주는 희망의 다리다. 조심스레 뿌린 씨앗이 싹을 띄우고 물이 올라 찬란한 푸름의 여름이 오지 않던가. 봄은 밖을 향한 두근거림으로 두터운 커튼을 젖히며 창문을 열게 하고 얼었던 마음에 온기를 주어 피돌기를 시킨다. 햇살 속의 나무들이 기지개를 켜며 부신 눈을 뜨게 하고 겨우내 웅크렸던 검은 흙엔 물이 돌게 한다. 얼마나 아름다운 계절인가.

　지금쯤 시골집 대추나무는 어떤 모습일까. 대추나무는 다른 나무들이 새순을 올리며 싱그러움을 자랑하는 동안에도 잠잠히 있다가 6월이 되어서야 새싹을 돋우기 시작한다. 대추나무는 이렇듯 조금 늦게 봄을 맞지만, 그래서 관심 있는 사람들의 가슴을 애타게 하지만 좀 더 모아진 힘으로 유난히도 반짝이는 잎을 피우고 수많은 열매를 맺는 나무이지 않던가.

나는 새로이 밭을 일구며 믿음의 씨앗을 심는 마음으로 다시 봄을 맞고 싶다. 어둠 속에서 별을 찾듯 가능성을 향해 가슴을 열어 본다. 우리의 봄은 어디쯤 오고 있을까.

창밖에는 어느새 눈이 그쳐 있다. 난 아직 얼어붙은 마음의 뜰을 거닐며 불안해하고 있지만 내 작은 뜰에도 봄은 올 것이다.

지게차

차를 몰고 바쁘게 골목길을 빠져 나와 큰길에 합류한다. 바로 앞에 지게차가 가고 있다. 순간 나는 끝없이 펼쳐진 길에 선 달팽이 같다. 추월해야 할지 망설여진다.

참으로 바쁘게 살아가고 있다. 눈을 뜬 아침부터 잠자리에 들기까지 비록 보이게 이루어 놓은 것은 없을지라도 줄곧 무엇인가를 하고 있어야만 마음이 놓인다. 어쩌다 휴일에 할 일 없이 있을라치면 초조하고 불안한 마음이 되어 읽혀지지 않는 책이라도 들고 있어야만 한다. 가만히 있으면 큰일 날 것처럼 허겁지겁 시간에 쫓기며 살아간다.

우리나라에서도 시속 300km의 속도로 달리는 고속철도가 개통되었다. 차창 밖으로 지나는 전봇대가 보이지 않는 속도라 한다. 디지털시대, 초를 다투는 시대인 만큼 많은 시간을 단축할 수 있으니 얼마나 좋으랴.

그러나 이렇게 빠르면 어지럽지 않을까? 의문이 들었지만 열차 안에서는 속도를 느낄 수 없다고 한다. 무심코 들어 넘겼던 그 말이 오늘 느닷없이 나를 불안하게 한다.

나는 어떤 속도로 달리고 있는가. 삶이라는 레일 위에서 앞으로 달리기에만 온갖 신경을 쏟았을 뿐, 쾌속질주 속에서 오히려 무감각해지듯 맹목적이지는 않았을까. 쉬엄쉬엄하라는 말들을 들을 때면 달려가기도 바쁜데 무슨 말이냐며 귓등으로 흘려들었었는데……. 살아온 날들이 의문으로 다가온다. 열심히 산다는 것이 어쩜, 달리고 달리면서도 속도를 느끼지 못하는 것처럼 나를 잊고 살아가기에 알맞은 핑계이지는 않았을까.

내가 진정 원하는 삶은 마음의 여유를 가지고 살아가는 일일 텐데. 디무니없이 쫓기듯 살아가기를 강요하는 생활과 시간으로부터 자유로움을 얻고 싶다. 빠른 것을 추구하는 시대에 살지만 이제 살아온 날들을 돌아보며 나를 만날 수 있는 간이역을 만들며 살고 싶다.

느릿느릿 가고 있는 지게차를 따르는 나의 차 뒤에서 경적이 울리고 번쩍번쩍 전조등이 비추인다. 이렇게 서둘러 갈 일이 무언가. 느리지만 달팽이처럼 나만의 시간을 사랑하며 살고 싶다. 오랜만에 느긋한 마음으로 오늘 나는 저 지게차를 추월하고 싶지 않다.

기적

시골 가는 길, 예쁘게 새로 지은 집으로 이사를 하는 부모님을 뵈러 가는 길이다. 창밖 산, 들이 온통 하얗다. 간밤에 살포시 내린 눈이 새 희망의 메시지를 전하는 것만 같다.

몇 개월 전, 이 길을 가고 오며 얼마나 간절했던가. 엄마가 갑자기 중환자실에 입원했다는 소식을 듣고 달려가던 날, 저 들녘은 푸름으로 생기가 넘치고 있었다.

엄마의 건강은 평소 나쁘지 않았다. 다만 오랜 세월 분주히 쓴 다리로 무릎의 연골이 닳아 아파하셨고, 위장이 좋지 않아 약을 드시고 계셨다. 그런 엄마가 중환자실에서 생사의 힘든 고비에 서 있다니…….

처음엔 옆구리가 저린 듯 아파서 대수롭지 않게 생각하고 갔던 병원인데 원인도 모른 채 하룻밤 사이 고열을 동반한 채 중환자실로 갔고, 다음날 호흡이 곤란하여 산소 호흡기를 껴야 했으며, 급기야 밤낮으로 24시간 내내 신장 투석을 받아야 했다.

오전 면회시간, 의식 없이 주렁주렁 열 개가 넘는 줄을 몸에 달고, 사지가 침대에 묶여 꼼짝도 못한 채 누워 있을 엄마를 보러 아버지는 새벽부터 서둘러 시골집에서 시내로 나오시고, 앙앙 떼를 쓰며 울어대는 소아병동 옆 중환자 대기실에서 밤을 새운 오빠랑 동생들은 서둘러 손을 씻고 희망을 보고자 하는 간절함을 안고 엄마를 보러 들어간다.

몸은 퉁퉁 부어 배불뚝이 같고, 손은 권투 글러브를 낀 것마냥 커져 누르면 금세 터져 버릴 것만 같고, 엄마는 여전히 잠속에 빠져 일어날 기미는 보이지 않고……. 불쌍해서 못 보겠다며 돌아서 버리는 오빠. 안정을 위해 깨우지 말라는데도 퉁퉁 부은 손을 만지며 "선희야, 선희야."를 인디끼이 불러 보는 아버지. 아버지는 엄마가 이대로 그냥 가버릴까 걱정하는 눈치시다.

무엇이 무엇인지 의학상식이 없는 우리는 병원에서 하라는 대로 좋다는 것은 뭐든지 하고 있지만 도무지 진전이 없다. 의사들은 하나같이 지켜보자는 말뿐이다.

후드득, 한차례 쏟아지고 금세 그치는 여름비처럼 아무 일 없었다는 듯이 일어나게 해달라고 하루 세 번, 짧은 면회 시간을 위해 기다리는 5~6시간 동안 대기 의자에 앉지도 서지도 못한 채 얼마나 간절했었던가.

오남 일녀의 자식들마저 알아보지 못하고 몸부림치면 투석기가 빠진다고 사지마저 침대에 묶인 채 잠만 주무시던 엄마, 약해지는 마음을 차마 보일 수 없어 그 짧은 면회시간마저 온전히 엄마 곁에 있지 못하고 눈물을 감추며 들락날락하시던 아버지, 그 넓은 중환자실에서 엄마가 가장 위독하다는 말을 들으시고 한참을 쿨럭이시더니 이야기 나누듯 "자네, 일어나면 내가 업고 살게." 혼잣말을 하셨지.

의사들의 냉담한 얼굴 앞에서 한 마디라도 더 희망적인 말을 들어보려고 차트기록을 묻고 묻더니 반의사가 다 되어버린 넷째 동생, 면회 때마다 물수건으로 몸 구석구석 닦아 드리며 다 알아 듣기라도 하는 듯 말을 걸고 또 걸던 둘째 동생, "엄마, 엄마-" 엄마를 부르며 글썽이기만 하던 나이 40이 넘은 막내 동생, 그 옆에서 나는 눈물이 나지 않았다. 아니 눈물을 흘릴 수 없었다.

30도가 넘는 찜통더위도 마냥 계속될 것 같지만 금세 한줄기 소낙비가 뿌려지고 나면 언제 그랬냐는 듯 청명한 여름날이 된다. 엄마도 이 힘든 시간 잘 견디고 이기실 것이므로……. 엄마는 강하니까, 정말 그동안 강하게 사셨으니까. '엄마, 이런 것들쯤이야 툴툴 털고 쨍쨍한 하늘처럼 밝고 건강하게 일어날 거지?' 나는 울지 않았다.

그런 엄마가 두 달여 그토록 힘들게 싸우시더니 어느 날 갑자기 열이 내리고 폐도 깨끗해지고 소변도 잘 나오며…… 정말 기적이 되어 일어나셨다.

병상에서 엄마에게 약속하였듯 아버지는 엄마를 업고 사실까, 엄마는 알아들으시고 그 긴 잠속에서 깨어나신 걸까. 평생 지어

오던 과수원 농사를 접으시고 새로 집을 지어 이사를 하게 되었다.

시골집이 가까워지자 흰 눈 위에 첫 발자국을 찍던 유년의 그 어느 날처럼 가슴 두근거리는 설렘이 인다.

"엄마 아빠, 알콩달콩 행복하고 건강하게 오래오래 사세요!"

동행

전화가 왔다. 친구 중 한 명이 척추 수술을 하고 수원 친정집에 와 있는데, 문병 겸 그곳에서 모임을 할 거란다.

며칠째 앓아누워 있었던 탓에 선뜻 나가고 싶은 생각이 들지 않았다. 그러나 '내가 살고 있는 부천 가까이까지 와 있는데 울산까지 가보진 못해도……' 하는 생각이 나를 일으켜 세웠다.

운전 경력이 얼마 되지 않아서 아는 곳만을 찾아 다녔기에 아직 초행길은 어렵다. 특히 지리에 남들보다 둔하다 보니 더욱 그렇다. 남편에게 약도를 그려 받고 넉넉한 시간의 여유를 가지고 출발하였다.

가을의 초입인지라 하늘은 물감을 풀어놓은 듯 푸르렀고, 점점이 흩어진 구름은 꿈길처럼 아름다웠다. 며칠째 집밖을 나오지 않앉던 탓인지 가을바람이 피부를 스치는 감촉에 기분이 상쾌해졌다.

찾아 나선 길은 다행히 복잡하지 않아서 길가의 코스모스를 감상할 수 있는 여유까지 가지며 친구들이 기다리는 곳에 무사히 도착했다. 오랫동안 만나지 못했던 얼굴들을 보니 잘 왔다는 생각이 들었다.

중학교 때 교내에서 신앙생활을 같이 하던 친구들이다. 천주교재단의 미션스쿨에 다녔었다. 우리는 같이 모여 성경공부도 하고 봉사도 하며 신앙 속에서 자부심을 가지고 열심히 생활했었다. 졸업을 하고 각자 다른 학교를 가고 사회생활을 하기 위해 떠났다가 어느 누군가의 제의로 2년에 한 번 꼴로 근 20년이 넘도록 만남을 이어오고 있다.

성실하지 못한 나는 그들과 만나는 일을 자주 거르곤 했는데도 그들은 불평 없이 늘 따뜻하게 감싸며 불러주곤 한다. 나와 함께이면 행복해진다며 나의 게으름을 채찍질한다.

수녀가 된 명숙이와 초등학교 교사로 사는 미향이, 비디오 가게에 목숨 거는 영옥이와 방송문예로 한몫 보는 전림이, 이번 모임에도 어김없이 동행한 멋진 남편을 둔 정옥이.

허리가 불편한 몸으로도 웃음을 보이는 전림이의 친정집은 고향의 품속처럼 따스한 인정으로 가득했다. 갓 씻은 푸성귀가 오른 식탁엔 호박전에 쓴맛이 도는 고들빼기, 맛깔스런 젓갈까지 전라도 음식이 반겼다. 웃고 떠들며 우린 음식을 나눴다.

음식이 다할 때쯤 여든이 넘으신 아버님께서 직접 타신 커피를 내놓으셨다. 몸 둘 바를 몰라 하는 우리에게 건강한 웃음으로 답하시고, 베레모에 지팡이를 챙겨 들고 편히 놀다 가라며 현관을 나서신다. 함께 한다는 일은 얼마나 멋진 삶이랴. 아버님의 커피는 우리들의 즐거움에 진한 기쁨을 주며 멋진 노년을 꿈꾸게 했다.

건강이 최고라며 서로를 토닥이며 늦은 시간까지 추억 속에서 길을 걷고 뛰며 함께 보낸 우린, 못내 아쉬워하며 헤어졌다.

밖은 깜깜한 밤이었다. 밤 운전에 자신이 없는 난 걱정이 앞섰다. 집으로 돌아오는 중간 지점까진 방향이 같은 친구 차를 뒤따라갔다. 행여 놓칠세라 꽁무니를 쫓으며 열심히 달렸다. 따라가는 재미마저 느꼈다.

그러나 그것도 잠시, 깜박이로 서로 인사를 주고받고 나는 혼자가 되었다. 낯선 사막에 던져진 양 두려움이 확 끼쳐왔다. 처음엔 그래도 스스로에게 용기를 주며 달렸다. 그런데 점점 도로에서 차 보기가 어려워졌다. 그 많던 차들은 다 어디로 간 것일까?

지나치는 차도 없는 어두운 도로를 달리며 살갗이 섬뜩해지고 무서움이 덮쳤다. 간혹 가로등 불빛이 나오면 반갑다가도 더욱 무서워졌다. 밝음 뒤로 더 큰 어둠이 다가왔기 때문이다.

살갗을 스치는 무서움과 함께 야릇한 희열도 함께 느끼면서 달렸다. 가끔씩 불 밝힌 차들이 가까이 다가오는가 하면 어느새 바람처럼 지나쳐 가 버렸다. 멀리 불빛이 보이는가 하더니 잠시 후 신호등이 나타났다. 평상시 같으면 신호등에 걸리는 사실이 좋을 리 없었을 텐데 오늘만은 달랐다. 신호등 가까이에 서서 다른 차들의 불빛 속에 함께 있다는 것이 그 무엇과도 바꿀 수 없는 포근함이었다. 마치 빛의 경호를 받고 서 있는 기분이 들었다.

캐나다에서 몇 년 동안 살다 오신 신부님의 말씀이 떠올랐다. 몇 시간째 달리고 달려도 불빛 하나 만날 수 없던 도로에서 대낮처럼 밝혀진 톨게이트의 불빛을 만나게 되는 것은 구원의 빛처럼 반가웠다고. 실감으로 다가오지 않았던 말씀이 오늘에서야 비로소 가슴 깊이 느껴져 왔다.

신호가 바뀌고 차들이 움직임을 시작하게 되면 반갑던 그들은 속도를 내며 멀어져 가고 나는 다시 어두운 길을 더듬으며 간다. 그러다 보면 다시 뒤따라 달려온 불빛과 만나게 되고 잠시 함께였다가 또 헤어지고…….

우리의 사는 모습도 이런 것은 아닐까. 함께 한다는 것이 얼마나 소중한 것인지를 새삼 깨닫게 된다. 같이 가던 차를 보내고 다시 다가오는 차를 만나듯, 우리는 떠나보내고 다시 새 사람을 만나면서 관계를 맺어간다. 불확실한 길을 더듬거려 가는 길에 함께할 동무가 있다는 것은 얼마나 감사한 일인가.

헤어진 동창들은 지금 어디쯤 가고 있을까?

열차로, 고속버스로 이 밤 길 떠난 친구들의 가슴에 한 가닥 삶의 기쁜 동행으로 남고 싶다.

장마

밤새 내리던 비가 아침을 맞아 거짓말처럼 그쳤다. 장마의 끝이란다. 덕분에 높은 습도와 본격적으로 내리쬐는 햇빛으로 무척 후텁지근한 날들의 연속이다. 장마라며 걱정하던 엊그제가 은근히 그리워져 온다.

유월 말부터 장마가 시작된다는 보도가 나면서 걱정이 앞섰다. 일을 시작하면서부터 매일같이 출퇴근을 해야 하기 때문이었다. 양어깨에 클러치를 해야 하는 내겐 우산을 받쳐 들 여분의 손이 없다. 회사로 학교로 모두 집을 나가고 난 후에서야 집을 나서야 하기에 누구의 도움을 받을 수도 없다.

비 오는 날은 공치는 날이라는 말처럼 학교에 다니던 때 비 오는 날은 내게 공휴일이 되었다. 창가에 서서 빗줄기를 세며 손이 세 개인 나라를 상상하곤 했다. 그땐 그저 좋아하는 빗소리를 음악 삼아 여유롭게 즐기면 되었지만 지금은 그럴 수 없지 않은가.

그러던 며칠 후, 한 친구의 마음 씀이 나를 비에 젖는 대신 그의 마음에 흠뻑 젖어들게 했다. 친구는 곱게 접은 비옷의 2개를 선물했다.

아, 그렇지! 콜럼버스의 계란 세우기 이야기가 번뜩 다가왔다. 걱정을 하면서도 미처 비옷까진 생각하지 못하고 있었는데.

비옷을 받아놓고 나니 언제 내릴지 모를 비에 대해 미리 걱정하지 않아도 되었다. 유비무한이랄까. 행여 비가 오면 어쩌나 하며 노심초사하던 마음이 편안해졌다. 참으로 이상한 일은 그리도 쏟아 붓던 비도 출퇴근시간을 비켜 밤 시간에 내리거나 실내에서 일을 할 때에 내리곤 하지 않던가. 거짓말처럼, 차 속에 두었던 비옷을 펴보지도 않은 채 장마가 끝을 보이고 말았다.

얼마나 고마운 일인가. 준비하는 삶을 생각해 볼 수 있는 좋은 기회였으며, 배려함이 얼마나 큰 사랑인지도 새삼 깨달을 수 있었다.

얼마 전, 텔레비전에서 불우한 아이를 위해 모금 운동하는 프로를 우연히 보게 되었다. 전에는 '전화 한 통에 2000원 하는 도움으로 얼마나 큰 보탬이 될까?' 하며 아예 다가서지도 않았었다. 하지만 우산을 통해 작은 도움이 한 사람에게 큰 도움이 될 수 있음을 알 수 있었기에 선뜻 그 모금에 참여를 했다. 그러곤 내 일인 양 기뻐지기까지 했다. 그 아이도 장마에 비 맞지 않았던 나처럼 잘 될 수 있을 거라는 믿음 때문이었다.

보호색

부엌으로 난 작은 창을 연다. 저녁 해가 발갛게 떠 있다. 한 줄기 바람이 얼굴로 불어들더니 가슴속으로 파고든다.

"못 보고 가나 봐요."

전화 속 목소리가 안타깝다.

실은, 몇 개월 전부터 주변을 정리하고 있었다. 대단한 연예인도 아니면서 무슨 주변정리? 하겠지만 가끔씩은 살아온 날들을 돌아다 볼 때가 있지 않은가. 늘 시간은 누구에게나 공평하게 주어졌는데 나만이 그 시간을 잘 활용하지 못하고 덤벙덤벙 살아온 것 같은 생각이 들었다. 좀 더 자신에게 충실하고 싶었다. 잘못되면 조상 탓이라더니 난 주변 정리를 못한 탓으로 돌리며 외출은 물론, 편지 오는 것 받는 것조차 선별하고 있었다.

메아리가 없는 외침은 쉬이 잠잠해졌고 시간의 대부분 책을 보며 하루하루 견디는 생활에 친숙해지고 있었다. 그런 내게 아이들은 "엄마 친구는 책이구나." 하며 친구 만나러 가야 하는 미안한 마음을 전하곤 했다.

"공항입니다."

파르르, 목소리는 손끝으로 전류를 흘려보내고 있었다. 화들짝 놀라 수화기를 내려놓았다. 마침 그날은 우리 부부의 결혼기념일이었다. 가족과 함께 식사를 하고 있는 중이었는데 전화벨이 울렸다. 평상시와는 다소 다른, 조금은 달뜬 목소리로 전화를 받았었는데 뜻밖이었다. 전화 목소리를 듣는 순간 몇십 년 전의 시간 속으로 순간 이동하는 느낌이 들었다.

벌써 오래전의 일이다. 그는 참으로 많은 날을 가슴 떨리게 했던 사람이었디. 그리니 인연이 아니있는시 우린 헤어실 수밖에 없었다. 사랑한다고 다 결혼하는 것은 아니지 않는가. 그 후 난, 나의 인연을 만나 결혼을 했고 그도 결혼하여 이 땅을 떠났었다. 그런 그가 나를 찾아 연락을 했던 것이다.

어설프게 전화를 끊고 한 달이 다 되어 가도록 만날 수 없었다. 아니, 만나기를 될 수 있는 한 미루었다는 표현이 맞는지도 모른다. 다행히 집안에 여러 행사들이 많았다. 딸아이의 바이올린 연주회, 친정 동생의 개업식, 시골에서 올라오신 부모님과의 시간 갖기 등······.

한 번 보고 싶었다. 그러나 다음 순간, 그동안 주변 정리를 하며 지내온 날들에 생각이 미쳤다. 어쩜 이와 같은 일이 올 것을 예견한 것일까. 그가 찾게 될 것을 본능적으로 감지하고 그런 환경을 만들기 위해서였던 것은 아닐까. 무의식 속의 내가 은연중 그런 연막을 친 것은 아닐까. 알 수 없다.

막상 내일모레면 간다는 사실이 우리 안의 짐승처럼 나를 서성이게 한다.

어느 새 창밖은 어둠이 짙다. 좁은 창은 말없이 나의 얼굴을 비추인다. 경직된 나의 어깨를 토닥이며 창으로부터 뒤돌아서게 한다. 식탁 위에서 노란 나리꽃이 웃는 얼굴로 반긴다.

난 성당에서 결혼을 했다. 여름철인지라 다양한 꽃이 없다며 수녀님은 제대 위를 나리꽃으로 가득 장식해주었다. 더운 여름에 우리의 열기를 더한 결혼은 나리꽃으로 피어났었다.

그를 만나지 않을 것이다. 설사 이 일로 내가 그를 다시 그리워할지도 모르겠지만 추억은 추억으로 있을 때 가장 아름다운 것이다. 자벌레는 나무색으로 자신을 보호하고, 선인장은 가시를 만들어 환경에 적응한다. 나의 보호색은, 생각을 할 수 있는 생각 주머니이다. 자기가 자신을 지키는 방법은 자신의 생각 속에 있다.

산사를 다녀오며

와우정사(臥牛精舍)에 갔다. 처음 가본 절이지만 포근함이 낯설지 않다. 연화산으로 둘러싸여 있는 설 입구에는 거대한 불두(佛頭)가 사찰을 찾는 이들을 다정히 반겨주고 있다. 청동으로 만들어진 불두의 길이는 8m로 양 귀가 목 아래까지 내려와 있다. 보다 많은 중생의 소리를 귀담아 듣기 위한 듯, 작은 소리에도 귀 기울이는 불두의 커다란 귀가 인상적이다.

잘 닦여진 길을 따라 한참을 들어서니 열반(涅槃)전으로 이르는 돌계단 옆으로 돌을 하나하나 깎아서 붙여 만든 이국식 탑이 장관을 이루고 있다. 이것은 세계 각지의 불교성지에서 가져온 돌로 쌓은 탑으로 통일의 탑이라 했다. 이 불사는 실향민이 많이 찾는 곳으로 부처의 공덕으로 민족 화합을 이루기 위해 세운 호국사찰이라 한다.

나는 마음이 혼란스러울 때 산사를 찾는 버릇이 있다. 산사의 힘을 빌려서 잠시라도 고요함에 젖어보고 싶은 까닭이다. 산사에 가게 되면 으레 하늘로 목을 뺀다. 대개 사찰에는 물고기 모양의 풍경들이 고요함의 상징처럼 지붕 외곽에 달려 있기 때문이다. 내게 있어 풍경은 소리의 있고 없음을 떠나 고요한 흔들림만으로도 마음에 평온을 준다. 하물며 소슬바람에도 댕그랑- 울리는 소리는 온갖 생각의 더미 속으로부터 나를 건져내어 준다.

넓적넓적한 돌계단을 천천히 밟으며 열반전을 향하여 오른다. 행여 넘어지기라도 할까 봐 온갖 신경을 발끝에 쏟으며 주변을 돌아다볼 여유도 없다. 중간쯤 오르자 등줄기에 땀이 흐르고 숨이 차오른다.

잠시 멈추어 올라온 길을 뒤돌아본다. 저만큼 아래에서 걸어온 만큼의 시간이 울긋불긋 가을을 물들이고 있다. 오로지 발아래 만을 보며 내 한 발을 딛기 위해 주변을 돌아봄도 없이, 따뜻한 손 한번 내밀지 못하고 살아온 날들이 산사의 돌계단을 오르며 조용한 가르침이 되어 다가온다.

열반전에 도달하였다. 잎 떨군 보리수나무는 말없이 가슴으로 다가서고, 종 모양의 풍경이 젖은 이마의 땀을 식혀주며 반긴다. 열반전 안에는 길이 12m, 높이 3m의 와불(臥佛)이 봉안되어 있다. 세계 최대의 목불상으로 기네스북에 올라있다는 기록이다. 옆으로 비스듬히 누워서 감은 눈으로 중생들의 아픔을 어루만져 주고 있는 모습을 보며, 말씀은 없으시지만 마음 따스한 눈길로 포근하게 감싸주고 계시는 내 아버지의 모습이 떠오르는 것은 왜일까.

산봉우리가 연꽃잎을 닮았다는 해발 304m의 연화산 꼭대기를 돌아 대각전을 둘러 내려오는 길엔 목련이 꽃눈을 간직하며 가을 햇살을 받고 있다. 붓끝만한 꽃눈을 내어 제 몸을 단련하고 있는 목련은 나무에서 피는 연꽃이란다. 이 꽃은 예로부터 부처님을 상징하는 꽃으로 칭송되어 왔다. 추운 겨울이 다가온다는 사실을 알고 준비하는 모습이 얼마나 아름다운가. 아름다운 개화를 위해 비닐 잎과 부드러운 털로 자신을 감싸며 겨울을 견디려는 모습 속에서 아름다운 삶의 모습을 본다.

삶의 돌계단을 오르고 내리며 '나는 어떤 풍경소리를 내기 위해 어떤 꽃눈을 간직해야 하나.' 산사를 다녀가며 남은 날들을 다시 한 번 생각해 본다.

추석

집에서 추석을 보내기로 했다. 추석 다음 주가 아버지 생신인 관계로 또 내려가야 하는 탓도 있지만 얼마 전 크게 아프셨던 엄마 때문이기도 하다. 매년 엄마는 우리가 내려가기 전에 미리 많은 음식들을 준비해 두셨다. 그런데 올해는 힘에 부치시다며 내려오지 말라는 말씀이셨다. 한 주 후면 만나 뵐 수 있으니 괜찮을 거라고 생각했다.

연휴가 시작되자 추석을 맞아 두 딸아이들이 집으로 온단다. 한 번도 준비해 보지 않았던 명절이 은근히 걱정이 되었다. 그동안은 명절 때마다 시골로 내려갔었으니 특별히 걱정하지 않아도 되었었다.

새삼 명절이라는 것이 새로운 느낌으로 다가왔다. 대학에 다니는 두 아이는 올 3월에 둘 다 자취를 하겠다며 학교 근처로 방을 얻어 나갔다. 시집을 보낸 것도 아니지만 명절을 맞아 집에 오는 것이라는 생각은 마음을 바쁘게 했다. 친정엄마처럼 여러 가지 명절 음식을 준비하는 것은 자신이 없고, 그렇다고 안 할 수도 없다.

걱정을 하다가 해놓은 것이라도 사서 맛있게 먹고 지내자는 결론을 혼자서 내렸다. 아이들이 좋아하는 양념갈비는 평소에 자주 다니던 음식점에 부탁을 해서 샀다. 나머지는 학원 앞집이 반찬가게인데 며칠 전부터 '추석음식 예약 받습니다.' 라는 글귀가 유리창에 걸려 있어서 그곳에서 삼색전과 식혜 그리고 색색송편을 샀다. 밤과 대추도 준비했다. 그래놓고 보니 훌륭한 추석 음식상이 되었다.

산 음식을 잘 먹지 않는 아이들에게 내심 미안하기도 하고 은근 걱정도 되었지만 다행히 아이들은 솜씨 없고 시간 없는 엄마를 이해한다는 표정으로 산 음식을 묵인해주있다. 아이들과 명질 진 닐부터 갈비를 굽고 밤을 쪄 먹으며 뒹굴뒹굴 텔레비전을 보며 보내는 연휴도 나쁘지 않았다.

연휴가 끝나고 아이들을 역까지 바래다주고 돌아왔다. 집안 곳곳에 널려 있는 아이들의 흔적을 거두어들이며 청소기를 돌리다 말고, 식탁 옆에 청소기를 기대어 놓고 엄마한테 전화를 했다.

"엄마, 뭐해?"

"아버지는 읍내에 나가시고, 그냥 거실 왔다 갔다 하며 운동하고 있지."

무료함이 묻어나는 말씀이다. 한참을 이런저런 이야기를 했다.

엄마는 다음 주에 볼 것이라 했지만 니들이 없으니 허전하더라고 하신다. 그래도 김치 담그고 전 부치고 고기 사다가 국 끓이고 다 하셨단다. 편하게 지낸 휴일이 미안해져 왔다. ‘그냥 내려갔다 올 것을 그랬나!’ 늦은 후회로 마음이 무겁게 가라앉는다.

엄마랑 이렇게 통화를 할 수 있다니 얼마나 다행한 일인가 .

불과 몇 달 전 느닷없이 중환자실에서 산소 호흡기를 꽂고 신장 투석을 하며 퉁퉁 부은 몸으로 의식 없이 잠만 자고 있었던 일을 생각하면 믿기지 않는 행복이다. 하루 두 번, 30분씩의 면회를 기다리며 퉁퉁 부은 손을 잡아보지 못한 것을 후회하고 꼭 안아 드리지 못한 것을 후회하고 크게 불러보지 못한 것을 후회하며 자꾸 후회하던 날들. 다짐했었던 많은 것들, 엄마가 살아나기만 한다면 사랑한다고 말하리라던, 자주 안아드리리라던, 자주 찾아뵙겠다던, 엄마를 위해서라면 무엇이라도 아끼지 않겠다던……

그러나 엄마가 집으로 돌아오셨지만 정상적으로 활동하시지도 못하는데, 다 나으시기라도 한 것처럼 또다시 예전처럼 무덤덤하게 지내고 있지 않은가. 이 명절에 어찌해야 했을까. 살아나기를 울지 않고 기다렸던 그 믿음이 아이처럼 엄마를 의지하며 사는 내 모습이다. 두 눈이 화끈 달아오른다. 엄마 앞의 나는 늘 철부지 아이인가.

“엄마, 보고 싶어.”

갑자기 거실의 사물들이 흐릿해진다.

온누리 평화공원

주말 오후, 가을 산책 삼아 파주시 임진각을 향해 자유로를 달린다. 중앙로에 일렬로 칠 늦은 코스모스기 얼굴에 홍조를 띠며 피어 있고 그 밑으로 빨간 대를 이고 흰 메밀꽃이 끝없이 펼쳐져 있다.

가을 분위기를 만끽하며 달려가 들어선 곳은 온누리 평화공원이다. 흰 깃발들이 펄럭이며 공원을 찾는 이들을 반기는 모양이 버선발로 마중 나온 여인네 같다.

깃발 언덕 아래로 잘 손질된 넓은 잔디밭이 펼쳐져 있다. 사이사이 가르마처럼 내어진 길로 들어선 공원에는, 어린아이를 어루만지는 듯 바람이 옷깃을 끈다. 바람결이 이는 대로 발길을 옮기며 공원을 돌다 보니 바람의 언덕에 수백 개가 넘는 바람개비들이 방향도 달리 놓인 채 하늘 아래 수놓아져 있다. 바람의 세기에 따라 부드럽게 세차게 각자 돌아가고 있다.

어린 시절 수수깡에 바람개비를 꽂아 바람을 가르며 달리던 그리움이 인다. 바로 눈앞 7km 앞이 북녘 땅이다. 하나 되고픈 열망이 바람개비의 소원이 되어 언덕을 지키는가 보다. 나도 한 개의 바람개비로 서서 작은 소망을 날리고 싶다. 바람 부는 언덕에서 그 어린 순수함으로.

평화공원 음악의 언덕에서 마침 클래식음악회가 시작되고 있었다. 여기저기 서성이던 발길들이 무대를 향해 오고, 언제 준비했는지 곳곳에 돗자리가 깔린다.

우렁찬 경기병 서곡으로 시작된 음악회는 그 어느 음악회 못지 않다. 잔디밭 여기저기에 옹기종기 자유로이 앉는다. 어린아이를 동반한 가족들은 유모차 곁에서, 휠체어를 밀던 아저씨도, 연인들도 음악 속으로 함께한다. 산만할 것 같은데 그렇지가 않다. 넓은 자연 속에서 펼쳐진 음악회, 열정적으로 지휘하는 모습……. 음악을 들으며 가끔씩 하늘로 눈길을 옮긴다. 하늘 가득 구름이 하얀 웃음을 흘리고 있고 커다란 잠자리 모양의 연들이 맴돌며 가을 하늘을 수놓고 있다.

'그리운 금강산' 노래가 푸른 하늘을 뚫고 퍼져 나갈 땐 숙연함마저 들어 잠시 가슴에 손을 얹어 지그시 눌러준다. 바로 눈앞으로 7km만 가면 그리운 그곳이 아니던가. 평화공원에 힘입어 우리 함께할 날도 멀지 않으리란 소망을 품고 다들 잠시 숙연해졌으리라. 하늘엔 수시로 그림이 바뀌더니 사위가 점점 회색빛으로 변하고 무대 위는 더욱 빛나기 시작했다. 어둠은 흩어져 있던 몇몇 사람들의 발길마저 옮기도록 했는지 잔디밭에는 음악의 열기가 가득하다.

마지막 곡이 끝나고도 감동과 아쉬움으로 쉬이 일어서지 못하는 관객들의 마음을 알기나 한듯 오케스트라는 박수치며 함께 할 음악을 한 곡 더 신나게 연주해주었다.

여름날엔 그토록 길던 햇살이었건만 가을 햇살은 기웃대는 어둠에게 금세 자리를 내어 주고 사람들의 발걸음은 어둠 속에서 실루엣처럼 움직이며 깃발 언덕을 넘어간다.

"엄마, 기차 타고 또 오는 거지?"

나보다 앞서 걷는 어느 아이의 달뜬 목소리가 한동안 잊히지 않을 것 같다.

소통 원활

물이 흥건히 발목을 적신다.

구멍이 숭숭 뚫린 사각 철망을 들어내니 또 하나의 둥그런 뚜껑이 막아선다. 손끝으로 그것을 조심스럽게 들었다. 잔뜩 긴장했는데 생각보다 쉬이 들렸다.

며칠 전부터 물이 잘 빠지지 않던 욕실에서 머리를 감고 났더니 더 이상은 안 되겠다는 듯 물이 차올랐다. 여느 때 같으면 큰 소리로 남편을 불러 부탁했으련만 요즘 남편과 냉전 중이어서 '이깟 일 혼자서 하지 뭐, 못할 것도 없지.' 하는 오기가 생겨 입을 앙 다물었다.

묵직한 걸망을 들어내니 역한 냄새가 확 풍기며 머리카락에 엉킨 물질들이 가득 들어 차 있다. 딸들과 매일같이 머리를 감았으니 그럴 만도 했다. 지독한 냄새로 토할 것 같았지만, 한껏 숨을 참고 검정 비닐봉지에 탁탁 털어 넣으며 '마음먹으니 못할 일도 아니구나!' 하는 생각이 들었다.

이물질이 시나브로 내려가 통로가 막혀 버린다면 얼마나 많은 불편을 느낄 것인가. 그러하지 못하도록 겹겹 장치해 놓았으니 다행이라고 생각하니 온몸이 오싹해진다.

비위가 약한 나는 그동안 이런 일은 당연히 남편 몫이라 여겼었다. 시원스레 물이 빠졌다. 내친김에 수세미에 세제를 묻혀 욕실 청소를 했다. 여름내 잦은 샤워로 물때가 검게 얼룩졌던 욕실은 세수한 얼굴마냥 깨끗해졌다.

우리 부부에게도 걸망 가득 찌꺼기들이 쌓인 모양일까. 집안일에 관심이 없어졌다느니, 변했다느니……. 원망과 불만을 내보이며 서로를 탓하고 있다. 살아가는 중간 중간에 옴 직한 막힘을 소통시키기 위하여 그 망을 들어내어 깨끗이 비우고 씻고 싶다. 숨 한번 참고 청소하고 나면 시원스레 빠지는 물처럼, 사고 처리가 되고 나면 소통이 원활해지는 도로처럼 될 수만 있다면 얼마나 좋으랴.

주말이나 명절에 앞서 길을 달리다 보면 표지판에 '차량지체'라는 글귀를 자주 보게 된다. 이는 귀중한 시간을 도로에 묶어둔 채 원활한 소통이 되기까지 많은 사람들의 인내와 희생을 필요로 한다.

얼마 전, 친구는 도로에서 큰 낭패를 보았단다. 운전에는 자신이 있었기에 별 걱정 없이 휴가를 떠났는데 아무런 문제가 없다고 생각했던 자동차가 길 가운데서 서 버린 것이다.

도로는 정체되기 시작했다. 견인차가 와서 그의 차를 끌고 갈 때까지, 평상시 차량점검을 제대로 했더라면 황금 같은 휴가철에 도로를 점거하여 소통을 막지 않았을 것이며, 모처럼의 나들이가 즐거움의 일상으로 이어졌을 것이라고 후회하면서 무척 당황했단다.

얼마 전, 남편이 손발이 차고 자주 감각이 둔해지는 것 같다 하기에 병원을 찾았다. 혈액순환 장애란다. 피 속에서 미처 쓸려 내려가지 못한 찌꺼기들이 가라앉고 쌓여 혈액 공급 통로를 좁아지게 한단다.

난감해하는 남편의 표정을 보며 마음이 싸해진다. 소아마비라는 신체장애를 지닌 나는, 결혼 후 지금까지 세금을 내야 한다든가 다리미질을 하는 작은 일에서부터 큰일에 이르기까지 거의 모든 일을 남편에게 의지하며 살아왔다. 그러기에 남편의 몸과 마음이 오늘에 이르러 많이 지쳤지 않았나 하는 생각이 든다.

한쪽 손의 짐만이라도 덜어줄 수 있다면 남편은 자유로워진 손으로 처음처럼 다정다감하게 나의 손을 잡지 않을까. 욕실 청소가 오기로 시작된 일이었지만, 내게는 새로운 깨달음으로 다가온다.

간판을 보며

　늘 다니던 길인데도 처음 가는 길인 양 낯설게 느껴진다. 길을 잘못 든 것도 아니고 더욱이 새로울 것도 없는데. 허나 조금만 눈여겨보면 눈에 익은 이름의 간판이 있던 곳에 새로운 얼굴을 한 간판이 걸려 있다.

　낯선 듯, 그러나 씻은 듯 말간 얼굴로 걸려 있는 모습 속에서 이름도 모르는 사람의 소망이, 눈물이, 간절함이 마음으로 스며든다. 잠시 기도하는 마음이 되어본다. 간판이 달리기까지 얼마나 많은 사연들이 있었으며 마음의 갈등 또한 얼마나 심했을까. 온 가족이 머리를 맞대고 사업을 구상하고, 그에 따른 시장조사를 하고, 수지타산을 맞춰보고⋯⋯. 이 모든 준비를 마친 후에야 비로소 간판을 내어 걸었을 것이다. 그들의 소망과 소박한 꿈도 함께 걸렸겠지.

전화가 울린다. 막내 동생이다. 아직 목소리에 힘이 없다. 동생
은 한 가정의 가장이요, 한 아이의 아빠다. 인테리어 회사에 다니
던 중 자신의 일을 하고 싶어서 새로운 계획을 하고 사업을 시작
하였다.

그러나 차별화를 목표로 시작했던 사업은 오픈한 지 몇 달 만에
간판을 내리고 말았다. 가족은 흩어지고 경제적 타격 또한 컸다.
무엇보다도 마음이 쓰라리고 아팠던 것은 처음 날기를 시도했던
날개를 채 펴보지도 못하고 꺾여버린 것이다.

너무 일찍 핀 꽃은 열매를 맺지 못한다는 말도 있지만, 일찍 실
패를 경험한 만큼 더 많은 기회가 남아 있음을 말해주고 싶다. 이
제 겨우 말문을 튼 아이를 데리고 사는 동생이 아픔과 충격을 딛
고 잠시 접었던 날개를 펴듯 다시금 훨훨 날아오르기를 간절히 기
원해 본다.

거리에는 참으로 많은 종류의 간판들이 내달려 있다. 가게 몸집
보다 큰 것이 있어 위압감마저 느끼게 하는가 하면, 그려진 약도
를 가지고 찾아봐도 잘 보이지 않는 것도 있다. 또, 주변 환경과는
어울리지 않는 지나친 화려함으로 거부감을 안겨주는 간판도 있
다. 시대를 앞서 가는 동생의 의식과 간판은 주위의 여건과 어울
리지 않았는지도 모른다.

간판의 내용 또한 여러 가지다. 어떤 것은 제목만 보아도 무엇
을 하는 곳인지 금세 알 수가 있다. 그러나 한 번쯤 가던 길을 멈
추게 하는 것도 있다. 그런 곳은 대개 투명성을 필요로 하지 않거

나 특별한 감각을 요하는 곳이기 때문이다. 그런가 하면 호기심을 느끼게 하여 한 번쯤 들어가고 싶어지게 하는 곳도 있다.

간판들의 종류와 내용이야 어떠하든 그 집을 대표하여 누군가에게 자신을 알리기 위해 내건 것임에는 틀림이 없다. 오래된 친구일수록 좋고 오래된 장맛이 좋듯이, 한 가지 일이 대대로 물려져 자부심을 가지고 자신의 얼굴을 가꾸듯이 정성으로 가꾸어 갈 순 없을까. 금세 바뀌는 간판들을 볼 때마다 안타까운 마음이 든다.

많고 다양한 간판들만큼이나 사람들도 여러 모양의 표정을 가지고 살고 있다. 바라보고 있으면 웃음을 자아내게 하는 행복한 표정이 있는가 하면 매일같이 만나도 표정을 읽을 수 없는 이들에게서처럼 정이 가지 않는 얼굴도 있다. 얼굴 표정은 마음이 만드는 것인데, 향기를 지니고 살다 보면 얼굴의 표정에서도 향기가 날까. 향기가 배어 나오는 얼굴이 있다면 그런 모습이고 싶다.

어둠이 깔리기 시작하자 간판에는 하나둘 불이 켜지고 있다. 달리던 차 안 룸미러에 내 얼굴을 비추어 본다.

울콩

전시관을 바삐 빠져나오는 길이었다. 사람들이 오가는 길 한 모퉁이에서 여러 가지 식물들이 색색의 캔 속에 발을 담그고 피어올라 있었다. 그 모습이 정겨워 보여 머뭇거리는데 캔 식물을 팔고 있던 아가씨, 한번 키워보라며 한마디 한다.

"싹이 올라오면 맨 처음 소원을 말하세요. 소원을 들어주는 마술 식물이에요."

캔 하나를 샀다. 꼭 그 말 때문에 산 것은 아니었지만 복권을 살 때처럼 혹시나 하는 마음이 들었다. 내가 일하는 학원에다 두기로 했다. 발걸음에 힘이 갔다.

물을 주고 햇빛을 쐬일 때마다 그 말이 떠오르곤 했다. '정말 소원을 빌면 들어줄까?' 반신반의하면서, 답답한 캔 속에만 있지 말고 밖으로 나와 시원한 공기를 마셔보라며 은근히 보채기까지 했다.

열흘이 좀 지났을까. 캔 속에 들어 있던 씨앗의 움직임이 보이기 시작했다. 어떻게 생긴 녀석일까? 첫 미팅 때처럼 잔뜩 긴장이 되었다. 엄지 손톱만한 크기의 줄무늬 콩이 얕게 덮인 흙을 들추고 고개를 들기 시작했다. 그것은 시골 울타리에 기다랗게 심어져 있던 강낭콩과의 울콩이었다. 관상용으로 재배하도록 캔에 심어 놓았었나 보다.

슬며시 올라와 두 쪽으로 갈라지는 떡잎을 바라보니 문득 머리에 수건을 쓰고 땡볕 아래를 오가던 어머니 모습이 떠오른다. 논두렁 가에 기다랗게 콩을 심어놓고, 비라도 오지 않는 때엔 콩 줄기 다 탄다며 고무호스를 끌어다가 물을 주곤 하시던 어머니.

"기 얼마나 나온다고 이 고생이요."

"심어 놓은 생명인디 어쩌것소."

햇살을 피해 이마를 가리고 지나가던 윗마을 아주머니의 말에 연신 이마의 땀을 수건으로 문지르며 어머니는 줄을 당기셨다.

무성한 잎 사이로 붉은 꽃이 피어나고, 기다란 열매가 주렁주렁 열리고, 잎들이 노랗게 물들었다가 떨어져 내리는 것을 지켜보며 어머니는 무슨 생각을 하셨을까. 어려운 가운데서도 생명을 중히 여기며 인내하고 노력하시던 어머니의 모습이 새삼 가슴으로 다가 온다.

경제적 침체 상황과 열악한 지역 생활수준을 미처 짐작치 못한 채 성급하게 인수한 학원 운영으로 그동안 많이 지쳐 있었는데, 모처럼 일터로 향하는 마음에 생기가 인다. 문을 열기 위해 열쇠를 꽂는 순간부터 마음은 급해지기 시작한다. 밤사이 얼마나 자랐을까? 어떤 변화가 생겼을까?

자라나는 콩 줄기를 바라보는 기쁨이 적지 않다. 며칠이 지나자 콩 줄기는 바깥으로 덩굴을 늘려 나갔다. 햇살 가득한 창틀에 올려놓으니 훌륭한 화분이 되었다.

매일같이 물을 주고 이야기를 나누며 좀 더 햇빛을 많이 받게 하기 위해 안달하며, 여린 줄기가 다치지나 않을까 노심초사 어린 아이들을 가르치는 마음으로 정성을 쏟는다.

첫 싹이 돋았을 때 나는 무슨 소원을 빌었었나? 생각이 나지 않는다. 싹이 나오기를 기다리면서 학원의 수강생이 많아지길 기원할까, 사랑하는 이의 건강을 빌까, 좋은 글을 쓰게 해달라는 소원을 말할까……. 행복한 상상을 했었는데 정작 싹이 나왔을 땐 아무런 생각도 못한 채 감탄만 했다. 그동안 키웠던 화초들이나 나무들은 내게 온 지 얼마 되지 않아서 죽어버렸기에 싹을 틔워준 것만으로도 내겐 행운이나 다름없다.

창틀 위에서 길게 줄기를 뻗어 오르던 콩 줄기가 바람이 없어도 리드미컬하게 흔들리며 덩굴손을 내어 밀고 있다. 허공에서 손짓하다 행여 꺾여 버리면 어쩌랴. 오늘은 콩 줄기가 타고 오를 줄을 만들어 주어야겠다. 살아 있는 것들에게는 줄이 필요하다. 줄은 타고 오를 희망이지 않을까.

거리감

박선희

고속으로 달리던 관성
도심에서 턱턱 숨이 막힌다
앞차와의 거리를 가늠치 못해
브레이크를 밟는다
사정없이 고개가 휘청거린다

거리감이 없어진 채
오랜 습관처럼
길들여져 살아온 날들
언제부터였나
브레이크 거는 날들
턱턱 가슴이 걸린다
생이 기우뚱거린다

제5부
증명사진

봄비

박선희

비가 내립니다
봄비라지만
아직 겨울 끝을 맴돌듯
추절거립니다

상처받은 마음으로 돌아와
그대 팔에 누워 봅니다

오랫동안
바리케이드를 친 채
무장했던 마음이
소리 없는 눈물로
열립니다

나, 오늘
다시 태어나렵니다
속죄의 눈물로
봄을 맞고 싶습니다

손

사람이 동물과 다른 가장 큰 특징은 손을 사용한다는 것이다. 진화론의 차원에서도 인간의 인간다움은 두 발로 서서 걷는 직립, 즉 손의 해방으로부터 비롯되었다. 손은 자유를 향해 손짓한다.

나는 한때 손이 하나 더 있었으면 하고 생각한 적이 있다. 대학에 다니면서부터 독립을 선언하고 학교 가까운 곳에서 자취를 하게 되었다. 며칠 후, 나는 학교에 갈 수 없었다. 비가 오고 있었기 때문이다. 초등학교 일 학년 때부터 줄곧 목발에 의지한 채 걸어야 했는데, 클러치를 하고 가방을 들고 나니 우산을 받쳐 들 손이 없었다.

눈앞에 학교가 있었으므로 비를 맞고 갈 수도 있었으련만, 보는 이들의 안타까워하는 표정이 싫어 가지 않았다. 그 후부터 비가 오는 날은 내게 공휴일이 되었다. 학교에 가지 못한 채 창밖을 바라보면서 쓸쓸함을 달래기 위해 공상처럼 손이 하나 더 있는 나라를 꿈꾸어 보곤 하였다.

어설프게 비가 내리는 지하철 계단 앞, 붐비는 도로 옆에서 두 발을 튜브에 넣고 구걸하는 걸인을 보았다. 친구를 기다리던 나는 못 볼 것을 본 듯 화끈거리는 얼굴이 되어 얼른 돌아선다. 뒤뚱거리듯 도망치는 등 뒤로 음악이 끈질기게 따라 붙는다.

걸인은 세상의 죄란 죄는 저 혼자서 다 지은 양 고개를 숙이고 외로운 곡예사처럼 징징 울려대는 음악 속에서 비에 젖은 두 손바닥만을 하늘로 향해 들고 있다. 저렇게 해서라도 살아야 하는 목숨이 원망스럽고 혐오스러워졌다.

신에게 원망하며 따진다. '가진 자들은 모두를 가지고 사는데, 못 가진 자들은 더욱 궁핍하여 못 가진 것이 상품이 되어야 하다니. 신이시여. 그대는 진정 공평하신가요?' 그러나 선택을 주신 신은 말이 없고, 나의 얼굴엔 눈물이 비와 함께 흐른다. 지나쳐가는 구경꾼들의 발길을 잡기 위해 틀어놓은 흘러간 노래는 아픔을 동반한 옛 일을 떠오르게 한다.

내게는 손이 발이 될 수밖에 없었던 시절이 있었다. 초등학교에 들어가기 몇 년 전까지 나는 네 발로 기는 짐승이었다. 우리 집을 과수원집이라고 부를 만큼 커다란 과수원 한가운데에 집을 짓고, 우리는 외부 세계와 단절된 채 평화롭게 살았다. 후에 안 사실이지만 순전히 나를 위한 식구들의 배려였다. 때로 평화는 무지로부터 온다. 금지된 것을 의식하지 못한 그때가 되레 행복하다. 아담

과 하와는 에덴동산에서 금지된 선악과를 선택함으로 자유를 얻
은 만큼 고통에 따른 책임을 감수해야 했으리라.

발이 손이 되길 원한 순간부터 나의 고통은 시작되었다. 넓은
집 안팎을 손으로 걸었을 때 모르던 아픔이었다. 광 속에서 선택
을 기다리고 있던 목발을 의지한 채 자신과의 싸움이 시작되었다.

걷기보다 넘어지는 것이 더 많았던 날들. 아픔을 아픔으로 표하
지 않기까지 얼마나 많은 자기 응시가 필요했던가. 그러나 그때부
터 나도 인간의 대열에 속하게 된 것이므로 고통은 삶의 의미요,
기쁨이 되었다. 무엇보다도 하늘을 볼 수 있는 인간이 될 수 있었
다는 것이 내겐 가장 큰 기쁨이었다.

하늘을 볼 수 있다는 것은 곧 희망을 꿈꿀 수 있다는 것이다.

간혹 손이 따스한 사람을 만날 때가 있다. 손은 마음의 언어이
기에, 한 사람의 가슴속에 살아 있고 싶은 열망은 그 사람의 손에
닿고 싶어 한다.

비 내리는 거리, 번잡한 발자국들 밑에서 무릎을 꿇어 비에 젖
은 손을 마주 잡고 싶다. 외면하고 싶었던 감정만큼 간절히 사랑
하고 싶다. 그의 젖은 손에 내 떨리는 손을 얹으면 나의 가슴속 사
랑이 전달될까. 하느님이시여, 부디 나약한 제 손 위에 당신의 손
을 얹어 주십시오. 투명한 날갯짓에도 사랑을 느끼던 그런 간절함
으로 기도합니다.

잠

　찌뿌듯한 하늘은 비라도 내릴 듯하다. 아픈 머리를 위해 진통제 두 알을 먹고 잠을 청해 본다.

　심하게 불면증에 시달리던 때가 있었다. 그 고통이란 이루 말할 수 없다. 종일 아이들을 가르치고 지친 몸으로 퇴근해 와 눈을 감고 잠을 청하면, 내내 숨죽이며 기다렸다는 듯 온갖 생각들이 눈을 뜨고 활동하기 시작했다. 차츰 신경이 날카로워지며 체중은 줄었고 피부는 까칠해졌다. 낮에는 열심히 일하고 밤에는 잠들어야 하는 일이 통하지 않던 날들이었다.

　처음엔 대수롭지 않게 여기던 남편과 급기야 병원을 찾았다. 의사 선생님은 되도록 신경을 쓰지 말고 마음을 편하게 먹으며 생활하라고 한다. 정 잠이 오지 않을 때 먹으라며 푸른빛이 도는 알약을 건넸다. 수면제였다.

단순해지고 싶었다. 머리가 닿기만 하여도 잠이 든다는 사람이
그렇게 부러울 수가 없었다. 차만 타면 잠이 들고, 심지어 음악회
에서마저 잠이 드는 그들이 부러웠다. 양 천 마리를 세어도 잠재
울 수 없는 명료한 의식만이 남았다. 오지 않는 잠을 억지로 자려
하기보다 되도록 생각을 않기 위해 책을 읽기로 했다. 아파트단지
내에 있는 책 대여점에서 소설책을 빌려 밤새 읽다가 잠깐씩 잠이
들어 아침을 맞곤 했다. 소설 읽기를 싫어하던 내가 그때는 많은
소설책을 읽었다.

“일하시면서 언제 이렇게 많은 책을 읽어요?”

컴퓨터에 빌린 책 제목을 입력하던 대여점 아가씨가 부러운 듯
말했지만, 내 기억에 남아 있는 내용은 별로 없었다. 책 제목마저
잊고 읽었던 책을 다시 빌려가기 일쑤였으니.

요즘 제법 잠의 즐거움에 빠져들곤 한다. 아이들을 등교시킨 후
에 잠깐씩 눈을 붙이고 나면 하루를 상큼하게 시작할 수 있어 좋
다. 그러나 아직 세미나를 간다거나 여행 중에는 잠을 자지 못해
뜬눈으로 아침을 맞는다. 그러면서도 긴장한 탓인지 피곤을 모르
고 있다가 집으로 와서는 며칠씩 앓아눕곤 한다.

신혼 초 친척들이나 친구들이 신혼살림 구경을 와서 좁은 방인
지라 침대에 걸터앉아 놀다 간 날엔 나는 꼭 이불 빨래를 했다. 남
편은 의아한 눈길을 보냈지만, 마치 결벽증 환자처럼 침대를 챙겼
다. 손질된 이불과 정리된 침대. 그렇지 않고는 잠들지 못하는 나
쁜 버릇 탓이다. 지금까지 침구에 대한 청결만은 누구도 말리지

못한다. 오죽하면 딸아이들마저 씻은 후 잠옷을 챙겨 입고서야 "괜찮지, 엄마?" 하며 내 침대 속으로 파고들까.

여섯 형제 중에서 나만 딸이었다. 그래서 어릴 적부터 혼자서 방을 썼고, 깨끗이 정돈된 침대는 나만의 공간이었다. 아마 내 어릴 적 습관이 아직 나를 따라 다니고 있나 보다. 그러니 집을 떠나서 잠을 잔다는 일이 내겐 쉽지 않은 일이다.

불면증을 앓으며 단순해지길 소원했듯 지금 내게 필요한 것은 무엇일까. 나이 들어가며 성격도 변화한다는데…….

살포시 잠이 든 것 같은데, 허약한 몸과 예민한 신경 탓으로 한약을 꾸리고 살던 내게 "보약보다 잼이 최고여, 잼이!" 하시던 30년 전 할머니의 목소리가 어렴풋이 들리는 듯하다.

증명사진

“왜 이렇게 울상이지?”

‘그럴 리가 없을 텐데…….’ 나는 고개를 갸웃거리며 남편이 퇴근길에 찾아다 준 가로 3cm, 세로 4cm 사진을 본다. 사진 속의 얼굴은 찡그린 모습으로 금세 울어버릴 것 같은 표정이다.

교통카드를 만들기 위해 증명사진이 필요했다. 집 앞에 사진관이 있는데도 무엇이 그렇게 바쁜지, 쉬이 사진을 찍으러 가지 못하다가 제출일이 임박해져서야 사진관에 갔다. 평상시보다 더 정성을 들여서 화장을 하고 머리를 매만지며 만족스러운 마음이 되어 찍은 사진이었다.

그런데 생각했던 얼굴과는 거리가 멀었다. 낯설기까지 했다. 왜 이런 모습이 되어 있는 걸까? 다시 찍어야겠다며 한참을 투덜거리다 문득 며칠 전 들었던 말이 떠올랐다.

"어디 많이 아팠나요? 얼굴이 많이 상했네요."

그 말을 듣는 순간 마른 잎사귀가 또르르 몸을 말듯 위축되었다. 비록 힘든 상황 속에 처해 있었지만 밖으로 표내고 싶지는 않았는데 숨겨지는 것이 아니었나 보다. 오늘 이 증명사진으로 다시한 번 그 사실을 확인한 셈이 되었다.

그동안 문우들과 어울려 다니며 여러 차례 사진을 찍었지만 이런 모습을 알아차릴 수 없었던 까닭은 왜였을까. 아마도 그 사진들은 증명사진과는 달리 배경과 함께 어울려 있어서 내면을 발견하기 어려웠는지도 모른다. 슬픈 얼굴빛이 배경에 스며들어 오히려 운치 있는 풍경쯤으로 비쳐지지는 않았을까.

증명사진은 살아온 날들을 응축시켜 보여준다. 이 자그마한 사진 한 장이 그동안 지내온 기쁜 날, 슬픈 날의 이야기를 시간에 버무려서 얼굴로 나타내 주고 있다. 한 해를 마무리하는 12월에 마침 나를 돌아보게 한다.

몇 년 전까지만 해도 웃는 얼굴이 좋아 보인다는 말을 자주 들으며 지냈다. 그런 모습이 되어 가는 것이 감사의 첫째 조건이었다. 그런데 최근 경제적 어려움, 믿음에 대한 불성실, 나 자신에 대한 실망들 속에 묻혀서 자포자기한 심정으로 시간의 흐름만 바라보며 살아온 날들이 많았다.

우유에 빠진 두 마리 생쥐 이야기가 있다. 한 마리 생쥐는 어떻게 해서라도 살아보려고 우유 속에서 발버둥친 결과 차츰 우유가 응고되어 그곳으로부터 빠져 나와 살아날 수 있었고, 또 한 마리의 생쥐는 우유에 빠진 자신을 한탄만 하며 슬픔에 빠져 지내다가 그대로 죽게 되었다는 이야기. 오늘따라 의미 있게 다가온다.

어둠 속에서 빛을 향해 나아가려고 하지 않고 슬픔을 안고 그 안에 깊이 침잠한 채 나를 버려두었던 지난날이었다. 아프고 힘든 현실에 처한 상황이 나를 만드는 것이 아니라, 그런 상황 속에서도 일어나려는 생각이 표정까지 바꾸어주게 되는 것을. 지금은 비록 어두운 터널 속에 있다 하지만 쉬지 않고 달려가다 보면 눈부신 하늘을 볼 수 있지 않겠는가.

증명사진을 앞에 놓고 생각에 빠진 내게 쪼르르 다가온 딸아이가 사진을 들여다보더니,

"엄마! 너무 슬퍼 보인다."

한마디 하고는 사진 속 엄마가 사실인지 확인을 하려는 듯 고개를 들어 얼굴을 빤히 바라본다. 나는 얼른 표정을 바꾸어 활짝 웃어 보인다.

유산

떠들썩한 가운데 저녁을 먹고 자리를 뜨시는 아버지를 뒤따라 건너 방으로 살그머니 가보니 아버지께서 무엇인가 쓰고 계셨다.

명절 전날 고향집은 만남의 기쁨으로 집 밖까지 웃음소리가 넘쳐흐른다.

곁에 앉은 내게 "너 글 열심히 쓰고 있냐?" 하시며 두툼한 노트를 내보이신다. 일기장이다. "작년 이맘 때 우리는 무엇을 했는지 볼까?" 하시며 장롱 한쪽을 열어 보이신다. 그곳엔 열 권이 넘는 노트가 쌓여 있다. 순간 잠자던 세포가 한꺼번에 소리치며 일어나는 것만 같다.

이곳저곳을 펴 보이며 지난날을 상기시켜 주는 아버지의 모습은, 어린 시절 자전거를 태워 해 지는 들녘을 보여주던 때를 떠오르게 한다. 아버지는 친구들과 잘 어울리지 못하는 나를 자전거에 태우고 가까운 저수지 길을 자주 다니셨다. 물 위에 뜬 산 그림자, 꿈꾸고 있는 것 같은 들녘과 아름다운 하늘의 모습을 보여주며 들려주신 이야기들. 아마 나는 그 즈음부터, 듣고 느낀 많은 이야기들을 일기장에 적으며 설렘과 두근거림으로 아름다운 마음을 키우기 시작했던 것 같다.

초등학교 6학년 때 무엇과도 바꿀 수 없을 만치 귀한 일기장을 분실하고 얼마나 많이 울며 하늘을 바라보았던지 지금도 그때를 생각하면 마음이 아려온다.

도시로 나가 중학생이 되고서도 주말이 되거나 약간이라도 틈이 날 때면 품을 파고드는 강아지처럼 고향집으로 향해 가곤 했다. 그러던 어느 날, 시골집 컴컴한 다락방에서 먼지에 덮인 책들을 뒤적이다가 세상을 얻은 것 같은 기쁨을 발견하게 되었다.

누렇다 못해 거무칙칙한 빛깔로 변해 있는 표지엔 '하이네 시집'이란 까만 글씨가 써져 있었다. 조심스레 먼지를 닦아내고 바스라질 것 같은 책장을 넘기며 그 시집을 읽었다. 시를 써 오시던 아버지의 책이었다. 나는 이런 아버지를 통해 세상을 아름답게 색칠하는 시인의 꿈을 키우기 시작했다.

아버지! 그분은 내가 모나지 않은 성격으로 따뜻한 글을 쓰길 은연중에 가르치셨다.

생일 선물로 사주신 피아노보다 그 위에 놓을 인형을 고르기 위해 더 많은 고민을 하셨던 분. 딸의 원만한 성격을 위해서는 자극적인 원색보다는 은은한 중간색이 좋으리라는 생각으로 한나절

다리품을 들여 자줏빛이 도는 밝은 색의 인형을 사 오셨던 분이셨다. 또 남들이 뛸 때 걸어야 하는 까닭에 항상 다른 이들보다 뒤처진다는 생각으로 불안해하며 마음 아파할 때 '대기만성(大器晩成)'이라는 글을 써 주시며 어루만져 주시던 아버지시다.

이런 세심한 배려로 오늘의 내가 긍정적이고 밝은 마음의 유산을 지닐 수 있게 되었나 보다. 아버지의 무언의 바람처럼 다른 이에게 따뜻함을 전할 수 있는 글을 쓰고 싶다.

잊고 있던 아버지와의 추억을 더듬어가다 보니 잠들었던 감성이 눈을 비비며 기지개를 켜는 것만 같다. 하얀 웃음을 머금으며 살그머니 아버지의 한쪽 팔에 기대어 본다.

안 보이는 힘

보이지 않는 힘에 대해 생각해본다. 비록 보이지는 않지만 그 뒤에서 보이는 그 무엇을 위해 소리 없이 일하는 것들이 얼마나 많은가.

얼마 전, 음악을 하는 딸아이의 첫 공연이 있어 잔뜩 기대를 하고 공연장에 갔다. 화려한 조명에 객석을 꽉 메운 사람들 속에서 음악이 시작되었다. 탁 트인 보컬의 노래와 함께 객석은 열기를 띠기 시작하였다. 베이스 기타를 맨 멀쑥하게 큰 키의 딸아이는 보컬을 비추인 화려한 조명 탓에 얼굴도 제대로 보이지 않았다. 노래하는 아이에게만 환호하는 관객 속에서 왠지 모를 서운한 마음이 들었다. 그런 엄마의 마음을 아는지 모르는지 딸은 묵묵히, 열심히 움직이고 있었다.

처음 음악을 하겠다고 했을 때 왜 하필이면 베이스 기타냐며 못마땅해했더니 아이는 낮은 음으로 전체를 받쳐주는 소리가 좋다고 했다. 다들 좀 더 튀기를 바라는 때이고 보면 기특하기까지 해서 할 말을 잃었었다.

공연이 끝나고 무대 뒤에서 만난 아이는 의기양양했다. 보컬에게로만 집중적인 조명과 박수갈채가 쏟아졌지만 드럼, 기타, 신디사이저, 베이스 기타 등의 역할 없이는 아무런 느낌도 만들 수 없다는 것을 그 아이의 표정에서 읽을 수 있었다. 잠시나마 섭섭해졌던 마음이 부끄러워 얼른 등을 쓰다듬어 주었다.

며칠째 왼쪽 팔 쓰기가 힘이 든다. 걷기를 포기한 아이가 주저앉아버리듯, 팔을 쓰지 못하게 되면 어쩌나 덜컥 겁이 났다. 아프다는 표를 내고 싶지 않았지만 어쩔 수 없어 파스를 붙였다. 아직긴 팔을 입기엔 더운 여름이기에 붙인 파스를 감출 수가 없었다. 수업을 하러 온 아이들이 왜 파스를 붙였느냐며 저마다 한마디씩 한다.

"너희들 가르치느라 힘이 들었나봐."

자못 진지한 표정을 지으며 말하자,

"오른손으로 가리키잖아요."

대뜸 한 아이가 말한다. 정말, 연필을 들고 가르치는 손은 오른손이다. 하지만 오른쪽으로 휘어진 척추를 바로 세우려고 나도 모르는 사이 왼쪽 팔에 많은 힘이 갔나 보다.

보이지 않는 뒤에서 묵묵히 일하는 사람들처럼 나의 몸을 도와 오늘도 일상을 살아가도록 애쓰는 손과 발. 운전할 때도 그렇다.

발이 담당할 일들을 손들이 대신 도와주도록 특수 제작된 차로 운전을 한다. 오른쪽 핸들엔 잡기에 편안한 봉이 부착되어 있어 자유로이 핸들을 돌릴 수 있고, 왼손은 브레이크와 액셀러레이터의 일을 도와준다. 손잡이 식으로 되어 있는 것을 당기면 속도를 낼 수 있는 액셀러레이터가 되고, 누르면 정지할 수 있는 브레이크가 된다. 그 보조 역할 덕에 운전을 할 수 있다.

안 보이는 힘에 대해 생각하다 보니 버팀목이 되어주는 것들의 고마움이 새삼 크게 다가온다.

위대한 침묵

코엑스 영화관에 갔다. 주말 탓인지 예상치도 않게 시간이 많이 걸렸다. 자리에 앉자마자 본 영화가 시작되었다. 아직 숨도 채 고르지 못했는데 화면 가득 고요함이 흐르기 시작했다.

영화 〈위대한 침묵〉은 필립 그로닝 감독의 162분짜리 봉쇄수도원 수도사들의 침묵수행을 담은 다큐멘터리다.

1688년 지어진 뒤 한 번도 일반인에게 내부를 공개한 일이 없는 프랑스 그랑드샤르트리즈 수도원에 감독이 촬영 신청을 낸 지 15년 만에 허가를 받아 20년 만에 세상에 나온 작품이라 한다.

해발 1300m 프랑스 알프스의 깊은 계곡, 그곳에는 누구도 쉬이 들여다보지 못했던 고요함의 세계가 있다. 해가 뜨고 달이 지고 별들이 나타났다 사라지길 반복하는 계절 속에서 영원을 간직한 공간을, 그들만의 시간을 만들어 나아가는 이들이 있다. 감독은 이곳에서 생활하는 수도사들의 침묵을 따라간다.

봄은 겨울로부터 오는 것이 아니다
봄은 침묵으로부터 온다
또한 침묵으로부터 겨울이
그리고 여름과 가을이 온다

영화가 상영되는 내내 대사는 거의 없고 바람소리, 눈 오는 소리, 촛불 타는 소리가 아름다운 자연과 함께 흐른다.

봉쇄수도원에서 살아가는 수도사들의 고충이나, 역경을 이겨내고 사는 믿음에 관한 이야기가 있을까 짐작했는데 이 다큐멘터리에는 특정 수도사들의 인터뷰도, 그들의 행동을 이해할 만한 내레이션도, 감정을 배가할 음악 그 어느 하나도 등장하지 않는다. 카메라가 닿는 곳은 단출하기 그지없는 수도원의 모습이다.

지푸라기로 덮은 침대와 성능이 떨어지는 철제 난로가 있는 독방의 기도하는 모습을 바라보다가 수도원에 딸린 작업실, 세탁실, 농장, 정원, 부엌, 이발소 등 평범한 수도사들의 일상으로 가 닿는다.

감독은 은둔하는 수도자들이 매일매일 기도드리는 모습, 종을 치고 그 소리에 따라 미사를 올리는 움직임, 음식을 하고 옷을 만드는 모습, 소리 없이 흐르는 자연의 모습 등을 반복적으로 보여준다. 또한 똑같은 창문을 통해 바라보는 겨울의 눈과 똑똑 떨어지는 빗방울, 초록의 싱그러운 잎사귀들을 조용한 카메라의 움직임을 통해 잡아내어 침묵의 세계를 시각화한다.

이 영화는, 스토리 때문에 느끼지 못했던 것들을 볼 수 있고 느낄 수 있게 해준다. 건물 밖에 세워둔 가구가 흔들리는 것을 보았고, 웅장하고 고즈넉이 울리는 종소리를 통해 시간의 흐름을 보았으며, 최대한 축약된 말을 통해 절재의 아름다움을 느낄 수 있었다.

'한 시간이 지나도록 극장 안을 가장 크게 울리는 소리는 당신이 내는 바스락거리는 소리가 전부일 것이다' 라는 문구처럼 진동으로 죽여둔 핸드폰 소리마저 크게 다가와 전원을 꺼놓아야만 했고, '영화' 하면 당연히 떠오르는 것이 음료수와 팝콘일 텐데 물을 마시는 것마저 꿀꺽하는 소리에 신경을 써야 했으며, 팝콘을 들고 와서도 소리 나지 않게 침으로 녹여 먹지 않는 한 먹을 수 없었다. 꽉 메운 좌석인데도 영상 속의 침묵이 또 다른 침묵을 만드는 힘을 볼 수 있었다.

처음 한 개의 영화관에서 작게 개봉한 영화였는데, 시간이 지날수록 입소문이 나면서 9개관으로 늘었고 연일 매진되고 있다고 한다. 경쟁과 속도 위주의 사회에 지친 현대인들이 무엇을 갈망하는지를 보여주는 것 같다.

고요한 풍광들은 언어와 물질로 점철된 세속의 삶을 되돌아보게 하고, 조명도 없고 배경음악도 없고 심지어 대사도 거의 없는 영화에서 낯선 체험이었으면서도 고향 같은 편안함과 여유를 느낄 수 있었다.

영화관으로 들어간 바로 그 순간에도 쫓기는 시간 속에서 헐떡였고, 깊은 밤에조차 소음 속에서 벗어나지 못하던 일상이었는데 밤과 낮의 흐름, 계절의 흐름이 그토록 아름답다는 사실을 침묵 덕에 깨닫게 되었다. 〈위대한 침묵〉! 3시간의 침묵을 통해 온통 자신을 들여다볼 수 있는 기회를 가져본, 참으로 오랫동안 기억될 영화였다.

여름나기

푸른 그림자만 드리워도 지레 겁을 먹곤 하는 나는 유난히도 더위를 탄다.

여름이면 '더워'를 입에 달고 하루에도 수차례씩 샤워를 하고도 모자라 선풍기를 끼고 산다. 남편과 아이들은 이런 나와는 다르다. 차를 타도 에어컨 바람을 싫어하니 에어컨을 집에 둔다는 것은 생각조차 할 수 없다. 그들은 아이스크림과 한 잔의 냉커피로도 거뜬해하지만 나는 종일 얼음을 깨어 먹으며 보낸다.

그런 내게도 여름을 나는 방법이 있긴 하다. 여름 속에서 가을을 사는 것이다. 선풍기를 돌리고 얼음을 먹는 것도 지치면 창을 열고 넓은 하늘에 낙엽이 뒹구는 쓸쓸한 거리를 그리고, 횅하니 스산한 11월의 들녘도 그려 가을을 불러들인다.

그토록 더위를 견디기 힘들어하지만 여름에 태어난 탓인지 나는 여름과 인연이 깊다. 여름만 되면 한차례씩 앓아누워 힘들어하면서도 쏟아지는 비를 좋아해 밤잠을 설치기 일쑤이다. 사춘기의 힘든 고비도 여름에 맞고 넘겼으며, 결혼도 여름에 했다. 7월의 폭염 속에서 들꽃으로 만든 부케를 들고 여름신부가 되었다. 그리고 15년! 특별한 여름이 왔다. 남편이 실직을 했다. 그 어느 때보다 견디기 힘든 여름이다.

어깨를 누르는 가족의 무게 속에서 어떤 고뇌도 쉬이 내비치지 않고 마른 삭정이가 되어가는 남편의 모습을 보며 내게로 느껴져오는 무게를 어쩌지 못해 전시장을 찾았다.

'오노요코* 전(展)'이다. 할 수만 있다면 이 현실을 도피하고 싶은 심정으로 찾은 전시장에서 내 발길을 멈추게 한 것은 〈무게 오브제〉란 제목의 작품이었다. 청동으로 만들어진 저울은 양쪽에 각각 가족사진과 권총이 놓인 채 수평을 이루고 있었다. 한 장의 사진이 갖는 무게가 새삼 가슴에 와 닿았다.

"있을 때 잘해!"

농담처럼 주고받던 말이 떠오른다. 번듯한 직장의 일원일 때 왜 진작 애쓰노라고 말 한마디 못하고 적은 월급이나 탓했을까. 불만과 불평을 늘어놓으며 살아왔을까. 없어봐야 있을 때의 고마움을 알고, 아파봐야 건강의 소중함을 안다 하지만, 지난 후에야 깨닫는다면 한 번뿐인 인생을 어찌할 것인가.

여름을 오래 산 사람은 차가운 기운을 수용하지 못한다. 세포가 활짝 열려져서 몸 밖으로 열기를 항상 뿜어내고 있기 때문이다.

오래지 않아 남편은 이 시련을, 뜨거운 여름이 서서히 물러가며 가을을 맞이하듯 이겨낼 것이다. 여름은 성장의 계절이라 한다. 계절이 바뀔 때마다 쉼표처럼 마디를 만들며 자라는 대나무처럼 우리의 삶도 이 기회를 계기로 좀 더 성숙해지지 않을까.

이 여름, 나는 그에게 한 잔의 냉커피로 다가가고 싶다.

* 오노요코 : 일본 출신의 반전운동가, 여성운동가, 전위예술가. 비틀즈의 멤버 존 레논의 부인

이런 행복

얼마 전, 아버지는 칠순을 맞으셨다. 우리 형제들은 오래전부터, 이 날 뜻 깊은 자리를 만들어보자며 매월 작은 저축을 해 오고 있었다. 칠순을 며칠 앞두고 아버지께 행사에 대해 상의를 드리는데, 아버지는 잔치도 여행도 반대라며 일체 아무런 일도 하지 않기를 원하셨다. 모두 힘들게 사는데 무슨 잔치가 필요하느냐며…….

형제들은, 모두 열심히 살아가는 중이니 저희들의 마음도 알아주시라고 몇 차례나 말씀을 드렸지만, 아버지의 마음은 움직이지 않는 바위 같았다. 일생에 한 번뿐인 날을 멋지고 즐겁게 해드리고 싶어 행사를 하려 했지만 아버지의 의견을 따르기로 최종 결정을 내렸다.

매년 생신 때처럼 우리는 기쁜 마음을 담은 선물을 들고 부모님

이 계신 시골집으로 모였다. 활짝 열린 대문, 깨끗이 비질 된 마당
으로 들어서니 노란 국화꽃들과 붉고 노란 열매를 안은 나무들이
환하게 웃고 있었다.

우리 부부는 부모님의 밥그릇과 국그릇에 수저를 포장하고, 환
으로 만든 소화제를 준비했다. 생신 전날, 시골집은 한 사람도 빠
진 식구 없이 시끌벅적 즐거움이 넘쳤다. 오남 일녀에 사위 한 명,
며느리가 다섯이고 손자, 손녀가 열 명이었다. 평상시엔 휑하니
바람이 일 만치 넓었던 아버지의 방에 무색하리만치 겨우겨우 껴
앉아 본다.

아버지는 식구들이 모이는 날이면 장롱 속 많은 일기장 중 한
권을 꺼내 펴시며 작년의 이 날을 들추어내신다. 우리 형제들은
자주 보아왔던 일이라 그다지 놀라지 않지만, 새로운 살림을 시작
한 막내며느리의 놀라는 기색은 역력하다. 어머! 어머!를 연발하
며 감동으로 오소소 돋는 피부를 쓸어내린다.

펼쳐진 아버지의 일기장에는 작년 우리 형제들이 시골집에 도
착한 시간까지 자세히 기록되어 있다. 얼마나 오래전부터 아버지
는 그날그날 있었던 일과 느낌들을 이렇게 적으시고 계셨을까?

일기장 속에 묻힌 우리에게 어머니는 얼마 전 일기장 덕을 톡톡
히 보았다며 자랑스레 이야기를 꺼내신다. 부모님은 집 앞에 있는
주유소에 대어 놓고 연료를 쓰시고 한꺼번에 대금을 갚곤 했다.

그런데 얼마 전 추석 명절이 다가오자 결제되지 않은 금액이 있
다고 수금을 요청해왔단다. 분명히 다 결제한 걸로 알고 있었는데
그들은 막무가내로 받지 않았다고 했다. 그때 아버지가 장롱 속에

서 가계부를 겸한 일기장을 꺼내 보여드렸다고 한다. 그들은 그들의 장부와 대조하더니 하루 늦게 기재되어 있는 것을 발견하지 못했다며 "그것 참, 그 일기장 가보(家寶)입니다." 하면서 머리를 긁적이며 돌아갔단다. 그 이야기를 들으며 우리는 통쾌하게 웃었다.

밤새 이야기는 끊길 것 같지 않고 거실의 괘종시계만이 시간을 읽으며 종을 울리곤 했다.

생신날 아침, 3단 케이크를 준비한 상 앞에 부모님이 앉으시고 막내가 사진을 찍었다. 잔치는 안 하더라도 사진은 있어야 한다며 준비한 깜짝 이벤트였다. 아버지는 흔쾌히 웃으시며 여러 차례 낯빛 좋은 모델이 되어 주셨다.

아침상을 맛깔스럽게 물린 후, 점심은 실외에서 먹기로 했다. 은행나무가 노란 알을 줄줄이 매달고 있는 마당에 돗자리를 깔아 기다랗게 상을 연이어 놓고 숯불에 고기를 굽는 바비큐 파티를 했다. 오빠의 의견을 따른 것이다. 고기 굽는 일은 남자 형제들이 서비스를 하겠단다. 이 많은 식구가 어느 음식점에서 이보다 더 운치 있고 맛있는 음식을 마음 편히 먹을 수 있겠는가.

파란 가을 하늘 아래 노란 은행잎이 드리운 곳, 불꽃이 활활 타오르고, 침이 고여오게 하는 고기 익는 냄새, 먹는 속도에 비해 고기 굽는 시간이 미처 따라오지 못하는 것을 참지 못해 젓가락을 빨며 "고기 주세요!"를 연발하는 아이들, 아버지의 흐뭇해하시는 미소, 오가는 달콤한 술잔, 앞치마를 두른 남자 형제들의 서비스, 그에 따른 커다란 상추쌈이 고기 굽는 남정네들의 입으로 전달되고…….

충만함으로 가득해진 은행나무 아래서의 바비큐 칠순파티였다. 마지막 순서로 화단을 끼고 옹기종기 앉고 서며 하하 호호 소리도 함께 사진을 찍었다. 그저 뷔페나 빌려서 행사를 하고자 했던 마음이 부끄러워지며 아버지의 깊은 뜻을 헤아릴 수 있게 되었던 행복한 날이었다.

아름다운 결핍

하루 일과를 마치고 달려간 곳이다. 중년쯤으로 보이는 부부가 미소로 맞는다. 메뉴판 위쪽엔 푸른 바다를 배경으로 점점이 배가 떠 있고 야자수도 한두 그루 서 있다. 선지와 천엽이 듬뿍 든 해장국을 시켰다.

해장국은 인천 연안부두에서 처음 시작되었다. 19세기, 인천 부두로 많은 선교사들이 들어왔었는데 그들은 소를 잡아 살코기만 먹고 나머지는 취하지 않았다. 우리 선원들과 부두 노무자들은 그들이 취하지 않은 뼈와 내장들을 거둬들여 한데 섞어서 끓여 먹게 되었는데, 그것은 술을 먹은 다음 속풀이로 그만이었다. 이것이 해장국의 유래라 한다.

19세기 말, 우리의 경제는 어려운 상황으로 많은 것들이 부족한 때였다. 그러나 그 모자람의 환경이 오히려 지금의 이 맛있는 음식을 탄생시키는 발판이 되었지 않았을까.

스티비원더란 가수가 있다. 레이찰스, 호세펠리치아노와 더불어 미국의 3대 시각장애인 가수 중 한 명인 그는, 모든 장애인들의 희망이자 전 세계 정상인들의 꿈이다. 세상의 모습을 보지 못한다는 것이 그에게 다른 무언가에 대한 끝없는 갈망을 낳게 해 오늘의 그를 있게 하지 않았을까. 호소력 짙은 목소리와 경지에 이른 음악성으로 정상인이 보지 못하는 마음속 세계를 확대시키는 것을 볼 때 그가 시각장애인이었던 것 또한 아름다운 결핍이다.

환경만을 탓하는 것은 약자의 비겁한 변명일 뿐이다. 시저가 큰 잔치를 마련해 놓고 많은 귀족들과 친구들을 초청했다. 그런데 잔칫날은 아주 좋지 못한 날씨였다. 시저는 기분이 몹시 상해 화를 내다가 엉뚱한 명령을 부하들에게 내렸다.

"하늘을 향해 화살을 쏘라."

부하들은 하늘을 향해 활을 쏘았다. 그러나 부하들이 쏜 화살은 되돌아와서 그들 머리에 떨어져 많은 중상자가 생겼을 뿐이다.

어떠한 일이 뜻대로 되지 않을 때 하늘을, 타인을, 환경을 원망하곤 한다. 그러나 원망은 결국 자신에게 되돌아와 박히는 화살에 불과하다. 오늘을 감사하며 살아야 한다. 모자라는 환경이 오히려 새로움으로 나아갈 수 있는 발판이 될 수 있다는 것은 참으로 아름다운 일이다.

서울의 급격한 경제 개발과 산업화 과정에서 발생한 쓰레기를

매립해 봉우리 없는 산이 만들어졌던 난지도, 간혹 그곳을 지나야
할 때면 차창을 급히 닫으며 숨을 멈추어야 할 만큼 냄새가 지독
했다. 그러던 곳이 하늘공원이 되어 억새축제가 한창일 땐 발 디
딜 틈도 없으리만치 시민들로 붐비는 아름다운 시민공원이 되었다.
　낯빛 좋은 주인장은 뜨거운 뚝배기를 집게 손잡이로 들고 나무
탁자 위에 내려놓는다. 그 탓일까. 탁자 위에는 인두로 지진 듯한
그릇문양이 수없이 새겨져 있다. 그 문양이 운치 있는 그림처럼
보인다. 펄펄 끓는 뚝배기에 매운 고추기름장을 넣고, 잘게 다진
청량고추를 한 숟가락 푹 떠 넣으며 후후 불면서 먹는다. 맛이 일
품이다.

자화상

　오랫동안 꿈꾸어 오던 그림을 시작했다. 그날이 그날 같은 일상을 낯설게 하고 싶어 선택한 것이다.

　수없이 선을 재고 긋는 손놀림으로 색이 쌓이고 형태가 만들어진다. 많은 집중력과 관찰력을 필요로 하는 연필화이다. 첫 수업에 선이 거칠고 꼼꼼하지 못하다는 지적을 받았다. 세필(細筆)로 그리는 연필화는 급하지 않게 차분한 마음으로 집중해서 여러 번 색을 입혀야 한다. 어떠한 상황이나 사물을 자세히 묘사하지 못하는 나의 성격이 눈에 보이게 나타났다. 글을 쓰는 나에게 그런 세밀한 작업들이 도움이 되지 않을까 하는 생각이 든다.

　'과연 내가 잘 할 수 있을까?' 스스로를 조율해가며 공부한 지 두 달쯤 지나고 자화상을 그리는 시간이 되었다. 나의 얼굴을 확대 출력한 사진을 보고 그려야 한다. 어찌해야 할지 몰라 망설이는데 선생님은, "보이는 대로 그리시오." 한다.

보이는 대로 그리기 위해 하루에도 몇 차례씩 거울을 본다. 거울 속에는 중년의 얼굴이 들어 있다. 거울 속 얼굴과 손에 든 사진을 번갈아 바라보며 눈과 입의 거리를 비교하고, 밝고 어두운 곳을 찾아가며 애먼 연필만 자주 깎는다.

실눈을 뜨고 보이는 것 저 너머를 보고자 하는 눈, 그 주위엔 여러 겹의 세월이 주름져 있고, 급한 성격보다 더 급하게 흐르던 눈물을 가두지 못하던 눈물샘이 있다. 유난히도 냄새를 잘 맡아 '개코'란 별명을 얻게 했던 코, 굵은 안경알을 받치느라 잘록해진 콧등으로 보이는 세상과 타협하고 있다. 그 아래 입은 돌아서면 후회할 말을 쏟아 놓고도 앙다물면 다 무마되기라도 할 것처럼 시침을 뚝 떼고 있다.

다 그려지지 않은 그림 속에서 언뜻 비쳐지는 나와 닮은 모습에 신기해하며 그리고 지우기를 반복하다 고개를 들면 창밖이 환하곤 했다. 밤을 꼬박 새우고 나서도 피곤한 줄 모른 채 지낼 수 있다니, 그날이 그날 같던 일상에 이보다 더한 즐거움이 어디 있으랴. 그 즈음, 사람들을 만나면 무슨 좋은 일이 있느냐는 질문을 받곤 했다.

밤을 새워 그려간 자화상을 보며 선생님은, "있는 그대로를 그려야지, 되고 싶은 대로 그리면 되느냐. 눈이 실제보다 크게 그려졌으며 인중은 왜 이리 기느냐." 한다. 작은 눈을 키우고 싶어 그랬을까. 인중이 길면 오래 산다는 말처럼 병약한 몸이지만 오래 살고 싶어 그랬을까. 지적해 주면 그때서야 보인다. 정말 나도 모르는 사이에 마음속에서 그리 되고자 했는지도 모르겠다.

남이 보는 나와 내가 아는 나 중, 진짜 내 모습은 어떤 것일까. 그 사이의 거리는 얼마나 될까. 양어깨를 목발에 의지해서 걸어야 하는 나는, 비가 오는 날 우산이 있어도 쓰고 나갈 수가 없다. 비가 그치기를 기다려야 한다. 오늘도 힘에 부쳐 헉헉대며 살아가는데, 사람들은 밝은 모습이 좋다고들 한다.

고흐는 유난히 자화상을 많이 그렸던 화가이다. 그는 그 많은 자화상을 그리며 무슨 생각을 했을까. 아니 왜 그토록 많은 자신의 모습을 그렸는지. 수없이 그렸지만 그릴 때마다 자기 모습이 아니었을까. 아니면 되고 싶은 대로 그려서일까. 어쩌면, 진정한 자신의 모습을 찾아가기 위한 몸부림의 과정이지는 않았을까.

사람에게 나타날 수 있는 모습은 수천 가지가 넘는다고 한다. 내 모습 또한 수천 가지이다. 가장 잘 알 것 같지만, 가장 모르는 것이 자신일지도 모른다. 숨겨진 나의 다양한 모습과 표정을 찾아내고 싶다. 보이는 대로의 내 모습과 내가 바라는 나 사이에서 오늘도 그리고 지우고 다시 또 그려간다.

편지

　살아가면서 무엇인가를 기다릴 수 있다는 것은 커다란 축복이다. 장에 간 엄마를 마루 끝에 앉아 기다릴 수도, 오랫동안 헤어진 채 살아왔던 친구와의 만남을 기다릴 수도, 다가올 봄의 꽃 향연을 기다릴 수도 있다. 그러나 뭐니 뭐니 해도 편지를 기다리는 일만큼 즐거움과 설렘을 주는 일이 또 있을까.

　초등학교 때의 일이다. 부모님은 고학년이 된 나를 도회지에 있는 학교로 전학을 시키기로 결정했다. 그 사실을 알고 나서 친구들과 헤어져야 한다는 것에 대한 서운함을 어쩌지 못하고 몇 날을 말없이 지내다가 대학노트 한 권을 샀다.

　며칠 동안에 걸쳐서 1번부터 끝번까지 이름을 적고 차례차례로 한 사람씩 얼굴을 떠올리며 편지를 썼다. 한 줄을 써놓고는 연필을 입에 물고 절친했던 그 친구와의 일들을 떠올리며 한참씩 생각에 잠기기도 하면서…….

하얀 종이에 그리움과 아쉬움을 적는 동안 그 일은 나를 행복감에 젖게 했다. 편지를 통하여 토해 놓은 고백은 마음을 전하는 언어가 되었다. 전학을 가던 날 아이들에게 인사 대신 노트를 전하고 교문을 나섰다. 멀리서 따르릉거리는 집배원 아저씨의 자전거 소리가 들리는 듯했다. 그러곤 오랫동안 까마득히 잊고 지냈다.

며칠 전 고향 친구 아버님의 칠순잔치에 가서 초등학교 동창들을 만났다. 그 편지가 화젯거리가 되었다. 주소가 없어 안타까웠지만 졸업을 할 때까지 교실 뒤 한쪽 벽에 걸려 그 자리에서 반 친구들과 함께였다고 한다.

대학을 졸업하고 고향으로 돌아가 생활을 하는 내게 언제부턴가 편지가 오기 시작했다. 처음엔 호기심으로 읽게 된 편지가 1년이 넘도록 매일 전해져 왔다. 편지의 주인공은 먼 타지에서 직장 생활을 하고 있는 같은 고향 사람이었다.

정오쯤이면 어김없이 우편배달부가 왔으며 나는 우편배달부가 오기 전부터 문밖을 서성이는 것이 자연스러운 습관처럼 되어버렸다. 더운 여름날엔 시원한 냉수에 미숫가루를 타 들고, 겨울엔 뜨거운 차를 들고 기다리는 우체통이 되었다. 편지 속에는 주변의 사소한 사건부터 노조 이야기, 문학 이야기 등 여러 이야기가 들어 있었다.

그러던 어느 날에는 색다른 편지 한 통이 왔다. 화선지를 이어 붙여 만든 5m 가량의 두루마리 편지였다. 감고 펼치며 읽어야 했던 편지 속엔 붓글씨로 청혼을 하는 장문의 사연이 적혀 있었다. 친구처럼 이야기 상대가 되어주던 엄마에게 이야기를 했다. '백마 타고 온 왕자' 라는 엄마의 표현을 빌릴 만큼은 아니래도 진실함과 정성에 마음이 움직여 결혼을 하게 되었다. 결국 편지는 우리를 맺어준 인연의 끈이 되어 주었다.

결혼을 하고 7년쯤 접어들면서부터 평소에 잠재되어 있던 불만들이 통로를 찾지 못했던지 충돌이 잦아지게 되었다. 그는 가정뿐만 아니라 매사에 관심을 접은 듯 보이며 밖으로만 돌기 시작했다. 그를 이해할 수가 없었다.

학원을 운영하며 집안일에서부터 아이들까지 돌보아야 하는 나는 힘이 들었다. 그럴수록 원망은 커져만 갔다. 우리가 이런 위기에 봉착되어 있을 때쯤 친구의 소개로 'ME(marriage encounter)'라는 운동에 참여하게 되었다. 가톨릭교회에서 시작한 이 운동은 결혼한 부부가 대화를 통해 더욱 깊고 친밀한 관계로 성장하고 사랑의 일치를 이루어 기쁨이 넘치는 결혼 생활을 누리게 하려는 운동이다.

2박 3일의 기간으로 참여한 우린 편지 쓰는 일부터 시작하여 그곳을 나오는 날까지 서로에게 많은 분량의 편지를 썼다. 수없이 주고받은 편지로 서로의 아픔을 알 수 있었고 오해도 풀렸으며 새로운 각오도 다짐하게 되었다. 어찌 편지가 주는 것이 기다림과 사랑뿐이랴. 내 인생의 위기를 이처럼 면하게 하는 것도 편지 덕이니 얼마나 고마운 일인가.

요즘엔 인터넷으로 많은 사람들이 정보를 받고 보내고 있다. 시대에 맞게 빠른 의사표현을 위해 필요한 것이기도 하다. 특히 이메일을 통해 국경과 시간을 초월해 마음을 주고받을 수 있어 여러모로 편리해졌다.

그러나 시간이 흐를수록 연필로 또박또박 힘을 주어 눌러쓴 봉투에 침을 발라서 우표를 붙여 보내온 그런 정겨운 편지를 만나고 싶어진다. 그건 나만의 바람일까?

가을 여행

　여행을 다녀왔다. 마흔이 넘도록 말로만 듣던 '설악산'에 대한 동경, 그리움에 선뜻 친구와 동행하기로 했다.

　약속한 날은 아침부터 비가 내리고 있었다. 중부지방엔 잠깐 내리고 그치겠다는 날씨 정보를 들은 터라 운치 있는 여행쯤으로 여기며 출발을 했다.

　부천에서 자가용으로 출발한 우리는 4시간이 넘도록 서울시내도 빠져나가지 못한 채 가다 서고 가다 서면서 빗속에 갇혀 있었다. 좁은 땅에 차는 많고, 약간의 비에도 교통이 마비되는 도시. 슬며시 여행에 대한 후회감이 고개를 들고 설레던 기대를 짓눌러 왔다.

　잔뜩 구겨진 기분 앞에 '웃는 얼굴이 예뻐요.'라는 플래카드가

비 내리는 육교에 걸린 채 눈으로 들어왔다. 아름다움은 밝은 마음을 가진 자만이 느낄 수 있는 것 아닌가! 새로운 테이프로 갈아 끼우고 뒤틀린 자세도 고쳐 앉으니, 어느새 차는 달리고 우리를 반기는 양 빗속에서 물안개가 소리 없는 환호성을 지르며 피어오르고 있었다.

춘천가도의 전경이 눈에 들어왔다. 골짜기 골짜기에서 안개가 마음과 몸을 붙들며 사무치는 그리움으로 부르는 것이 아닌가. 우리는 도로 옆에 비상등을 켜고 차를 세워둔 채 한참을 배경이 되어 젖어본다.

늦은 점심을 먹기 위해 들른 음식점 '봄시내(춘천이란 뜻)'는 금세 그리움이 묻어날 것만 같은 이름이었다. 소양강변에 위치한 그 음식점엔 꾸밈없는 얼굴과 푸근한 말씨로 우리를 맞는, 쉰이 될까 말까한 분이 계셨다. 그분은 마치 운치 있게 물든 예쁜 단풍나무 같았다. 친구들과 놀러왔다가 아름다운 정경에 아예 눌러 앉게 되었단다. 살며시 웃는 그분의 모습에 꿈 많던 소녀시절이 연상되며 소리 없는 향기로 가슴을 파고들었다. 좀 더 머물고 싶은 유혹을 떨치며 가슴 가득 따스함을 안고 우린 다시 길을 나섰다.

비는 그칠 생각 없이 내리는데 한적한 시골길을 달리는 우린 비안개로 단풍의 아름다움을 눈으로 좇을 순 없어도 안개 속을 더듬는 마음이 포근해져 왔다. 그러나 비 오는 산길은 어찌도 빨리 어둠을 부르던지 금세 어둠에 묻혔다. 속초로 행선지를 바꿀 수밖에 없었다. 도무지 끝이 보일 것 같지 않게 계속되는 구불구불한 길을 달려 속초항만에 도착했을 때는 늦은 밤이었다.

항만 입구는 붉은 불빛으로 현란했다. 오징어를 비롯한 각종 건어물을 파는 가게들이 줄지어 촉수를 밝히며 길손의 호기심을 부르고 있었다. 마치 다른 세계에 잘못 들어선 듯 낯설었다.

속초에 가면 오징어 회를 먹어보라는 어느 친구의 말이 떠올랐다. 그리도 맛이 있다는 오징어 회를 먹기 위해 해안가에 즐비하게 들어선 포장마차 한쪽에 자리를 잡았다. 파도소리를 들으며 호기심과 기대로 살아 꿈틀거리는 오징어를 씹으며 우린 출렁이는 항만 풍경의 일부가 되어 밤 깊어 가는 줄 모르게 이야기꽃을 피웠다.

흰 거품을 일으키는 파도와 멀리 오징어잡이 어선의 밝은 불빛. 일정한 간격으로 해안을 비추어 주는 등대. '민가' 라고 쓴 처마 밑에 주렁주렁 달려 있는 오징어들. 어촌 풍경은 평화로웠다.

그러나 다음날 아침 햇살에 드러난 거리는 쓸쓸한 바람뿐. 전날 밤거리와는 다른 모습이었다. 아직 깊은 잠 속에서 깨어나지 못한 여름 끝의 백사장과 같아 쓸쓸함을 감출 수 없었다.

거짓말처럼 청명해진 날씨에 목적지를 떠올리며 아침 일찍 서둘러 설악산으로 향했다. 국립공원 설악산 초입에 도착하니 줄곧 내린 빗속에서도 굳건히 버티어 온 나뭇잎들은 햇살을 맞아 맑게 웃으며 환영을 하듯 줄지어 무언의 박수를 보내왔다. 말로만 듣고 가슴속으로만 그리던 풍경이 참으로 아름다웠다.

이른 시간임에도 많은 관광버스들이 주차장을 가득 메우고 있었다. 우린 조심스럽게 주차를 하고 매표소 입구로 향했다. 그러나 발길을 돌려야 했다. 나의 불편한 몸으로 정상까지의 등산은 무리임은 알고 있었지만 케이블카를 타기 위한 곳까지의 거리도 만만치가 않다는 것이다. 케이블카를 타고서라도 산 정상에 올라가 눈 아래 펼쳐지는 풍경을 발아래 두고 싶었지만 아쉬운 순간이었다. 함께 간 친구에게 미안해서 차로라도 이동하려 했으나 단풍철이라 관광객이 많은 관계로 편의를 봐줄 수 없다는 관계자의 말이었다.

'설악산에 가게 되면 케이블카를 타고 올라가 보렴. 그 모습이 참으로 장관이란다.'

떠나기 전 어머니께 여행지를 말했을 때 행여 마흔이 넘어 찾아간 곳에서 마음이라도 다칠까 봐 조심스러워하시던 어머니. 오랫동안 동경하며 기다려온 것이 너무 쉽게 거절당하는 그 순간이었지만, 예전에 비해 곱지 않다는 몇 개의 단풍잎을 주워 들며 난 오히려 담담해지는 자신을 발견했다.

많은 사람들의 표정과 발걸음이 여유로워 보이는 오색약수터를 들러 구불구불 한참을 기어 한계령에 올랐다. 그곳에서의 느낌은 알게 모르게 쌓여온 것들이 단숨에 한숨이 되어 쏟아져 나오듯 후련했으며, 묵은 더러움까지 씻어지는 것 같았다. 신비를 자아내는 기암절벽들, 그 사이사이에서 새색시 볼처럼 붉히는 단풍들의 모습이 신의 존재를 떠오르게 했다.

돌아오는 길은 비 내리던 날과는 다른 느낌으로 다가왔다. 모든 걸 넉넉하게 감싸 안던 안개와는 달리 온통 붉음을 내어 걸고 축제를 여는 고만고만한 산과 나무, 멀리 눈부시게 휘날리며 손짓하는 갈대들, 우리나라 어느 곳에서나 볼 수 있는 풍경으로 고향의

품에 안긴 듯 나는 그 속에 하얗게 동화되어 가을 풍경으로 남고
싶었다.

11월이 지날 때

도시의 가로수들 앙상한 가지로 서 있다. 간밤에 내린 비로 한 두 장 달려 있던 잎마저 떨어뜨린 채.

일을 마치고 습관적으로 급한 일이 있는 것처럼 서둘러 집으로 왔다 집안은 멈춰 있는 정물화 같다. 고여 있는 공기를 휘휘 저으며 등이란 등을 모조리 켠다. 부엌부터 안방과 작은방, 욕실과 베란다까지. 그러곤 이어 텔레비전을 켜고, 음악을 틀고, 그러다 그냥 침대 모서리에 철퍼덕 주저앉아 멍하니 있다.

'따르르릉–'

잠시 떠났던 혼을 불러들이듯 주섬주섬 정신을 가다듬고 수화기를 든다.

"엄마, 밥은 먹구?"

갑자기 눈앞이 흐릿해진다. 얼마 전 두 아이들마저 자신의 삶을 위해 함께하던 집을 떠나갔다. 늘 일찍 일어나 아이들을 깨우고 아침을 준비하며 부산을 떨었던 날들, 그땐 언제쯤이나 자유롭게 혼자서 편히 지낼 수 있을까 간절했는데, 막상 그토록 간절하던 그날이 오고 나니 세상이 텅텅 빈 것만 같다.

불 꺼진 집에 들어설 때나 홀로 밥을 먹을 때, 혼자서 웃는 웃음이 공허하게 흩어질 때나 욕실에 들어섰는데 칫솔꽂이가 헐렁함을 발견했을 때, 울컥 목이 잠긴다.

'그 많던 잎들은 다 어디로 갔을까?'

가족이라고 늘 함께 살 수는 없다. 막내 동생을 엄마 젖으로부터 멀어지게 하던, 어릴 때의 한 장면이 떠오른다. 엄마는 젖가슴에 빨간약을 널따랗게 발라놓고 동생이 젖을 먹으려고 가까이 오면, 아야- 아야- 하며 무지 아픈 시늉을 하곤 했다. 동생은 가까이 가려다 붉은 빛에 놀라 울고, 또 가려다 엄마의 아파하는 소리에 멈칫거리며 안타까워했다.

생각해 보면 매우 잔인한 일인데 갓난아이로부터 성장을 위한 다음 단계를 위해서는 어쩔 수 없는 일이었지 않나 싶다. 동생은 엄마 젖의 안타까움과 아쉬움으로부터 서서히 자유로워져 갔다.

홀로 선다는 것은 여름날 무성했던 나뭇잎들이 가을을 맞아 찬란했던 잎들을 떨어뜨리고 겨울을 맞는 것과 같다. 울긋불긋 도심을 화려하게 수놓으며 노래하던 나무들, 잎을 내려놓고 앙상하게 서 있지만 얼마나 당당한가. 나무는 긴 겨울을 견디고 나면 찬란한 봄이 온다는 것을 믿고 있기 때문이다.

아옹다옹, 북적북적 그렇게 살았던 날들, 그러나 이제 나는 혼자다. 나무들이 나뭇잎을 떨어내듯 나도 혼자가 되었다. 언젠가 읽었던 시 한 편이 떠오른다.

벚나무 가지를
부러뜨려 보면
그 속엔 벚꽃이 없네
그러나 보라, 봄이 되면
얼마나 많은
벚꽃이 피는가*

그렇다. 막상 혼자가 되고 나니 한참은 헛헛해서 잠을 이루기도 힘들고 텅 빈 집에 들어서기가 겁이 나곤 하지만 이제 새로운 시작이다. 금단현상 같은 이 마음은 새롭게 나아가기 위한 통과의례 쯤으로 여기자. 나도 서서히 봄을 품을 준비를 해야 한다.

11월은 낙엽 지는 달, 새로이 시작하는 달이다. 나도 저 의연한 나무들처럼 훌훌 떨어뜨리고 빛나게 서서 겨울을 살아내며 봄을 잉태하고 싶다.

*제목: 벚꽃, 지은이: 이큐(一休; 일본의 선승, 1384~1481)

비빔밥

전화벨이 울렸다. 잠시 후, 작은 보따리를 안은 그녀가 들어섰다. 그녀는 들고 온 보자기를 조심스레 끌렀다. 비빔밥 재료였다. 함께 가져 온 도톰한 유리보시기에 여러 색깔의 볶은 야채와 양념된 고추장을 덜어 얹으며, 배고플 텐데 어서 비벼 먹으라 한다. 그녀는 마치, 밥투정하는 아이 앞에 두고 애타는 마음으로 바싹바싹 다가앉으며 먹기를 재촉하는 어머니 같다. 그러고 보니 점심도 거른 채였다. 그때서야 꼬르륵 소리를 내며 배가 고파왔다.

학원 아이들 크리스마스 선물 준비로 바쁘게 오전을 보내고, 하나둘 들어서는 아이들에게 수업하랴 선물봉지 나눠주랴 들뜬 기분으로 분주하게 움직이다 보니, 어느새 어둠이 내리는 시간이 되어 있었던 모양이다.

첫 숟가락을 입에 넣는데 코끝이 찡해 오더니 목이 메어왔다. 난 얼떨결에 가슴을 툭툭 쳤다. 그녀는 밥을 짓고 나물을 볶아서 행여나 식을까 봐 뜨거운 팩으로 밥을 싸고 그래도 못미더워 털목도리로 덧씌워서 달려온 것이다. 창밖은 온통 안개로 자욱하다. 그 속에 늘어선 자동차 불빛으로 세상이 온통 수채화 같다. 그녀가 내게로 와 아주 특별한 크리스마스이브가 된 날이다.

의료기 도매상을 하는 그녀를 알게 된 것은 8년 전쯤, 찬불가를 치고 싶다며 나를 찾아온 것이 인연이 되었다. 그녀는 열심히 배웠고, 그런 틈틈이 함께 차도 마시고 마음 속 얘기도 나누게 되었다.

어느 날 그녀가, 남편의 핸드폰에 낯선 여자의 이름이 있다며 조심스럽게 이야기를 꺼내 놓았다. 부부에게는 믿고 사는 것이 최상일거라는 생각을 하면서도 속내를 털어놓는 그녀에게 아무런 도움이 되어주지 못했다. 그녀가 돌아간 후 안타까운 마음으로 내내 걱정이 되었는데, 그 얼마 후에 만난 그녀는 남편에 대한 오해가 풀렸다며 활짝 웃었다. 내 일인 양 마음이 편안해졌다.

사정이 생겨 학원 문을 닫게 되고 자연스레 그녀와의 만남이 뜸해졌다. 그러다가도 남들에게 털어놓고 싶지 않은 문제로 끙끙 될 때면 불쑥 그녀를 찾아 나서곤 했다. 그러면 그녀는 오늘처럼 사무실 한쪽 좁은 간이부엌에 들어가 정성이 가득한 비빔밥을 만들어 주었다.

특별한 말로 나를 위로하지는 않았지만 한 가지 재료로 만들어지는 음식이 아니라 여러 가지 재료들을 서로 잘 비볐을 때 제맛이 나는 비빔밥을 먹으며 복잡했던 마음은 위로받곤 했었다.

고소한 들기름 향에 메인 목이 틔었을까, 흰 유리보시기에 가득 비벼 놓았던 밥이 어느 결에 다 비워져 있다. 학원을 다시 시작한 지 몇 개월 되지 않은 날이었다. 인간관계로부터 부대끼고 치이며 겨울나무처럼 나뭇잎을 다 떨어뜨리고 싶었던 내게 좀 더 애정을 가지고 살아보라고, 이 세상엔 내가 미처 생각지 못한 귀한 것들이 있으니 외로워하지 말고 사랑하며 살아가라고……. 그녀는 내게 평생 잊지 못할 선물을 들고 온 것이다.

길동무

'길을 달린다. 어느 순간, 갈 길을 잃고 네거리 가운데서 쩔쩔맨다. 주위엔 아무도 없다.' 꿈이다. 약속이 정해지면 불안해지는 심리가 꿈으로 나타난 모양이다.

내겐 약속 장소를 미리 가보는 버릇이 있다. 지리에 밝지 못할 뿐 아니라 확실한 것이 아니면 불안해하는 성격 탓이다.

가까운 길을 곁에 두고서도 아는 길로 돌아서 간다. 요즘 운전자들 간에는 저마다 내비게이션을 설치하는 붐이 일고 있다. 답답한 길, 미리 가볼 여유는 없지만 길동무 삼아 마음 편히 가자는 심리일 것이다.

연말모임 장소가 정해졌다. 역삼동에 있는 한식집이다. 장소를 인터넷에서 찾아 길눈이 밝은 친구와 답사를 했다. 부천에서 남부

순환로를 타고 20분쯤 곧장 달려가서 서초동을 지나자마자 좌회전에 또 좌회전……. 이런 식으로 가고 올 길을 외워 두고 다음날 약속 장소로 갔다. 살아가는 일도 답사한 길을 갈 때처럼 신바람 나게 달려갈 수 있다면 얼마나 좋을까.

재미있고 맛있는 만남의 시간이었다. 이제 미리 알아놓은 길을 따라 집으로 되돌아가기만 하면 된다. 그런데 일이 났다. 일행 중 연로하신 분이 다리가 아프다고 하시며 분당으로 가는 버스 타는 곳까지 데려다 달라신다.

순간 아득해져왔다. 서울지리를 모를 뿐 아니라 내가 오고 갈 길만 익혀 놨는데, 사정을 말해도 걱정 없다는 표정이다. 엉거주춤 그분을 태운 채 옆에서 가자 하는 대로 차를 움직였다. 만남의 반가움을 전하고 싶었지만 잔뜩 긴장한 탓에 침묵만 안고 갔다. 표지판만 보며 차량의 뒤를 따랐다. 그분을 목적지에 내려드리기까지 겨우 몇 분이 내겐 아주 길게 느껴졌다.

"잘 갈 수 있지?"

"네."

대답은 했지만 암담했다. 그렇다고 마냥 서 있을 수도 없다. 뒤차가 빵빵거렸다. 얼마 후 다행히도 서초동 입구라는 표지판이 눈에 보였다. 우연히 길을 찾게 되었지만 생각만 해도 아찔하다. 인생에서는 어쩌랴. 누가 갈 길을 알려 주기나 하나, 답습을 할 수나 있나, 운명처럼 주어진 길 위에서 스스로 두드리며 찾아가야 하는데…….

얼마 전 시골에 다녀올 일이 있어 자정이 훨씬 지난 시간에 출발하였다. 환한 불빛에 드러난 고속도로를 얼마나 달렸을까. 간혹

한두 대 보이곤 하던 차들이 뜸해지더니 점점이 불 밝히던 가로등
마저 보이지 않게 되었다.

'길을 잘못 들었나.'

슬쩍 훔쳐 본 백미러에는 어둠만 담겨 있고, 사방을 둘러보아도
캄캄했다. 오싹 온몸에 무섬증이 일었다. 오로지 내가 켠 헤드라
이트 불빛을 따라갈 수밖에 없었다.

시골 밤하늘에서 작은 불빛으로 원무를 추듯 날아다니던 반딧
불이 생각이 났다. 달리는 앞차의 꽁무니 빛을 따르며 내가 내는
빛으로 뒤차를 비추며 갈 수 있다면, 이 어두운 길에 그보다 더한
동행이 있을까.

캄캄한 도로 위에서 말없이 주고받는 빛은 서로에게 신호이고
언어이다. 그 불빛은 누군가에게 등대 같은 위안을 줄 수 있다. 내
삶에 있어 이런 빛이 될 만한 것은 무엇일까.

일상을 살아가면서 늘 가슴 한쪽이 비어 있는 듯 허전하다. 글
을 한 편을 쓰고 나면 약간의 허전함이 채워지고 알 수 없는 무엇
이 차오른다. 그러나 그 일이 쉽지가 않다. 머릿속에서는 근사한
글이 되었다가도 연필을 들면 마냥 시간만 축낼 뿐, 한 줄도 글이
되지 않아 속내를 몰라주는 애인인 양 야속하기 그지없다.

때론 글이 쓰고 싶은데도 마땅한 글감을 찾지 못해 불 꺼진 세
계에 갇힌 듯 막막해진다. 그러나 헛헛함을 메우고 살아 있음을
느끼기 위해 글을 쓰려 한다. 원고지 위에서 꿈틀대며 살아나는
언어, 내 삶에 그를 길동무로 삼을 생각을 하면 비록 야속하기 그
지없는 애인일망정 마음 한쪽이 환하게 밝아온다.

섬

박선희

그날그날 있었던 일

맘 놓고 풀어 놓을 수 있었던 날엔

새잎 돋고 푸르름 짙어

상처마저

아름다운 무늬로 새겨지더니

풀어 놓고 싶은 무성한 진초록

침묵의 계절 맞아

가슴으로 삼켜야만 하는 말들

너를 원하는 만큼

꼭 그만큼의 거리로 가라앉는 나는

떨어지지 못하는

마른 잎새가 되네

아름다운 결핍

박선희 지음

발행처 · 도서출판 **청어**
발행인 · 이영철
영 업 · 이동호
기 획 · 전수진 | 김홍순
편 집 · 김영신 | 방세화
디자인 · 오주연 | 김바라
제작부장 · 공병한
인 쇄 · 두리터

등 록 · 1999년 5월 3일(제22-1541호)

1판 1쇄 인쇄 · 2010년 8월 31일
1판 1쇄 발행 · 2010년 9월 7일

주소 · 서울시 서초구 서초동 1588-1 신성빌딩 A동 412호
대표전화 · 586-0477
팩시밀리 · 586-0478

블로그 · http://blog.naver.com/ppi20
E-mail · ppi20@hanmail.net
ISBN · 978-89-94638-02-7 (03810)